Le Palais
des claques

Ouvrages de Pascal Bruckner

AUX MÊMES ÉDITIONS

Fourier
essai, coll. « Écrivains de toujours », 1975

Le nouveau désordre amoureux
essai en collaboration avec Alain Finkielkraut
coll. « Fiction & Cie », 1977

Au coin de la rue, l'aventure
essai en collaboration avec Alain Finkielkraut

Lunes de fiel
roman, 1981

Le sanglot de l'homme blanc
essai, 1983

Parias
roman, coll. « Fiction & Cie », 1985

CHEZ D'AUTRES ÉDITEURS

Monsieur Tac
roman, Sagittaire, 1976

Allez jouer ailleurs
roman, Sagittaire, 1977
prix de la littérature fantastique, 1979

Nostalgie Express
récit, Éditions des Autres, 1978

Pascal Bruckner

Le Palais des claques

roman

Éditions du Seuil

COLLECTION DIRIGÉE PAR NICOLE VIMARD
AVEC EDMOND BLANC ET CLAUDE DUNETON

EN COUVERTURE :
Archives Charmet et Lalance

ISBN 2-02-009184-4.

Pour mon fils, Éric.

Le Président
veut changer le monde

La rumeur avait déjà fait le tour de la ville quand elle surprit Matthieu et Alice en train de jouer avec leurs camarades dans la cour de l'école. Ils haussèrent d'abord les épaules mais leur entrain faiblit peu à peu et ils ne surent plus s'ils devaient se réjouir ou pleurer.

Le soir, ils trouvèrent leurs parents en proie à la même agitation : le chef de l'État allait prononcer un discours exceptionnel au journal télévisé. Cela n'augurait rien de bon. Personne n'avait oublié sa réforme, il y a deux ans, quand il avait voulu changer les distances et modifier le poids des choses : on avait détruit des milliers de doubles décimètres et de balances. Les maigres, déclarés obèses, avaient été mis au régime et les gros nourris de force. De nombreuses personnes étaient mortes de faim, d'autres de gavage. Le Président avait fini par accepter le système métrique ; mais le pays avait frôlé le chaos.

Aussi l'on redoutait à l'avance son nouveau caprice. A vingt heures, la famille Darbois au complet prit place devant le petit écran : il était obligatoire d'ouvrir la télévision les jours d'allocution.

Une fanfare militaire joua l'hymne national et le visage replet du Président apparut. Bronzé, une chaîne d'or autour du cou, il salua en agitant des doigts ornés de bagues chatoyantes. Il respirait la bonne humeur, l'enjouement. Une toison de poils débordait d'une chemise rose ouverte jusqu'à l'estomac. Deux rouflaquettes taillées en forme d'huîtres lui dévoraient les mâchoires. Assis sur un trône, les jambes croisées haut, il toussota, fit claquer sa langue pour en éprouver l'élasticité et prit la parole :

« Mes chers concitoyens et concitoyennes, mes amours, mes chéris, mes anges et mes poussins. Je viens ce soir, je rapplique en fin de journée pour vous entretenir, vous causer d'une affaire capitale, d'un sujet de la plus haute importance. »

Il faut savoir que le Président, amateur de beau langage, avait pour principe de dire chaque chose deux fois.

« Après réunion du Conseil des ministres et rassemblement des membres du gouvernement, après délibérations et débats, parlotes et bla-bla, votes à l'unanimité et consensus électoral, nous avons décidé et arrêté, mes ministres et moi-même, mes subordonnés et Ma Gracieuse Majesté, la chose suivante et à venir : désormais et à partir de maintenant, il sera interdit aux parents et géniteurs, maîtres d'école et enseignants, tuteurs et précepteurs, adultes et majeurs, de frapper et toucher les enfants, les chiards, fût-ce avec une plume, avec l'appendice tégumentaire des oiseaux, en public ou en privé, dehors ou chez eux, sous peine d'amende et de procès-verbal pouvant aller et conduire jusqu'aux travaux forcés et cachot ferme. »

Pourquoi cet amour de la répétition chez le Président ? Par goût de l'abondance, de la richesse verbale. Une phrase simple était pour lui un symbole de pénurie. Répéter lui permettait en outre de mieux graver ses maximes — chaque jour la presse en publiait une — dans l'esprit de ses interlocuteurs.

« Il est impensable, inimaginable en effet, indeed, chers concitoyens et administrés, qu'en cette fin de siècle, qu'en cette approche de l'an 2000, deux enfants par jour, deux moutards quotidiens meurent et défuntent à la suite de sévices, de violences accomplies et perpétrées sur eux par des adultes, des grands. Les bourreaux d'enfants, les tortureurs de chérubins n'oseraient consommer leurs forfaits, commettre leurs iniquités s'ils n'y étaient encouragés et incités par l'attitude usuelle, le comportement journalier de la majorité, de la plupart d'entre vous qui giflez et frappez vos miochons, vos gniards pour un oui ou un non, à tout propos et sans raison. Mes chers amis, mes doux potes, je ne vous blâme pas, je ne vous reproche rien, mais je vous avertis, je vous préviens que le temps du laxisme, de la tolérance est fini, terminé. De telles habitudes et coutumes doivent être abandonnées, rejetées aux rebuts du temps, aux poubelles de l'histoire. »

Le Président marqua une pause et se frotta les mains en faisant scintiller les pierres de ses bagues dans la lumière des projecteurs.

— Qu'il est lent, soupira Alice.

— N'écoute qu'un mot sur deux, lui dit son père, puisqu'il répète tout deux fois.

C'était vrai : les interventions télévisées du Président se prolongeaient tard dans la nuit et les écoliers, tenus de rester jusqu'au bout, avaient les yeux cernés le lendemain. Ses interminables prosopopées, quand il était en forme, pouvaient durer une journée entière de l'aube au crépuscule, immobilisant toute la nation. Pour cette raison, le Président était exclu des instances internationales où on le surnommait : « Multipliez par deux ». Son penchant pour les redites indisposait les diplomates. Il s'en moquait. Il restait maître chez lui et dirigeait d'une main de fer son petit pays situé quelque part entre la Suisse, la France, l'Allemagne, l'Asie et l'Afrique.

« Néanmoins et néanplus, chers citoyens et assujettis, notre gouvernement et régime, dans notre grande sagesse et clairvoyance, savons et connaissons combien il est difficile et ardu pour l'être humain, le bipède parlant, de renoncer, d'abandonner de si vieilles pratiques, antiques modes d'être ; depuis l'aube des temps, depuis des lustres, vous avez été accoutumés et entraînés à recevoir des danses, à prendre des beignes sur les joues, en pleine poire, quand vous étiez petits, merdeux, à en donner, en distribuer, quand vous avez grandi, pris de la bouteille. Cette habitude, cette coutume, ancrée dans votre mémoire et boîte crânienne, ne disparaîtra, ne s'évanouira pas si vite, si fissa. Ainsi et donc, dans le but et afin de faciliter, simplifier, la transition et le passage entre l'âge de la répression, la période de fer, et l'âge d'or, les lendemains qui chantent, ai-je décidé et décrété qu'en mesure de compensation, en consolation, on édifiera, on bâtira, au cœur de la capitale, au centre de la ville, un bâtiment, une construction de plusieurs étages, de différents paliers, où chaque semaine, soit quatre fois par mois, le samedi et le dimanche, c'est-à-dire le week-end, parents et pondeurs, tuteurs et précepteurs pourront en toute légalité, impunité, moyennant finances et une modeste somme, venir calotter et mornifler, pincer et cravacher des polissons, des écervelés de tous âges et conditions. Ce bâtiment, cet édifice s'appellera, se nommera le Palais des claques, le Palais des claques bis, et sera ouvert, accueillera tous les individus des deux sexes, mâles et femelles, de plus de dix-huit ans, majeurs, sans casier judiciaire, juridiquement vierges. Toutes précisions supplémentaires et détails adjacents seront apportés et fournis en temps utile, au moment nécessaire. Chers camarades, adorables concitoyens, votre Président Bien-Aimé, votre Chef Vénéré, votre Immense Capitaine, votre Génial Guide vous salue, vous dit ciao ! »

Le Président, nous l'avons dit, n'avait cure des quolibets dont on l'affublait à l'étranger. Des grammairiens, des étymologistes, des phonéticiens suivis de porteurs qui charriaient sur leurs épaules d'épais dictionnaires en plusieurs volumes restaient attachés en permanence à sa personne et préposés à la recherche de mots nouveaux. En outre, un ministre de la Plume notait nuit et jour chacune de ses paroles, ainsi que ses plus belles trouvailles. Le Président se relisait avec fierté et récitait à l'Assemblée ses longues listes de synonymes. Les écoliers, à leur tour, devaient les apprendre pour passer dans la classe supérieure. Facultatif dans la vie courante, l'emploi des synonymes était obligatoire dans la presse et lors des débats politiques. Les journaux, même les feuilles de chou, avaient l'épaisseur d'une bible, les documents officiels ne comprenaient jamais moins de cinq cents pages et cela entraînait d'énormes dépenses de papier. A la Chambre, le Président donnait toujours raison au député qui avait exposé son cas de mille façons possibles, preuve d'un vocabulaire diversifié et d'une belle maîtrise de la rhétorique. Tout vocable devait avoir au moins un double qui le justifiât, et ceux qui en déclinaient trois ou quatre, même partiels, avaient droit aux majuscules sur les édifices publics. Les rares solitaires étaient bannis de la conversation, à moins que le Président, par un décret solennel, ne puise dans une langue étrangère pour donner au mot unique sa contrepartie. Ainsi se flattait-il non seulement de diriger un peuple d'orateurs, mais de porter l'éloquence du monde au bout de ses lèvres.

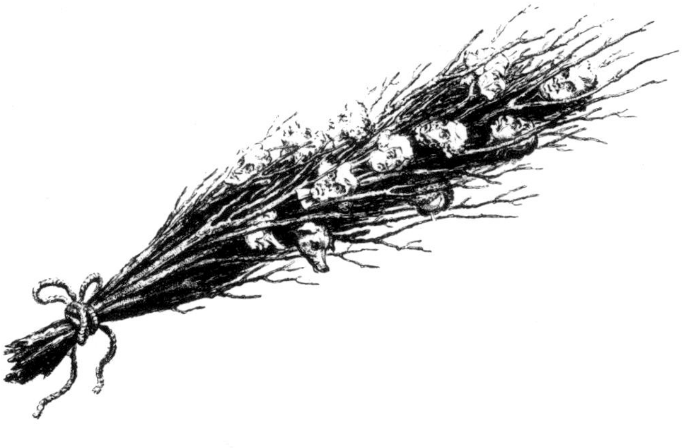

Même les chats et les chiens seront sauvés

Ce soir-là, pourtant, Matthieu, Alice et leurs parents se souciaient peu des caprices linguistiques de leur dirigeant. Son message ne laissait pas de les inquiéter, d'autant que dans la famille on frappait peu : à peine ici ou là une petite tape, suivie de tendres réconciliations. Les familles amies manifestèrent un semblable émoi.

Le lendemain, la presse détailla par le menu les déclarations du Président. Les citoyens de la république n'avaient plus qu'un mois pour se livrer à des voies de fait sur leurs rejetons. Qu'ils en profitent ! Après cette date, ils devraient confier le soin de la punition à l'État et à ses serviteurs. Il en serait de même pour chats et chiens, qui allaient bénéficier de droits et de devoirs identiques à ceux des petits. Les uns et les autres seraient affectés à tour de rôle au

Palais des claques, à raison d'une rotation tous les quinze jours, été compris. Aucun bambin ou mammifère de cinq à quinze ans ne pourrait s'y soustraire, sauf maladie grave ou infirmité certifiée par un médecin. Handicapés et paralytiques seraient dispensés de stage, sauf cas de guérison miraculeuse qui les rendrait aptes aux épreuves. Les tarifs d'entrée resteraient modiques et accessibles à tous.

En quelques jours, les murs de la ville se couvrirent des maquettes du futur bâtiment. Les travaux commencèrent. Des milliers de personnes âgées furent expulsées des quartiers de la vieille cité ; des bulldozers géants la détruisirent et l'éventrèrent à coups de boutoir avant de faire place nette à une armée de maçons, d'ouvriers et de manœuvres. Chaque matin, les militants du parti unique défilaient dans les rues en criant : « Vive la réforme du Président, vive l'Avenir ! »

La population accueillit les événements dans une sorte d'inquiétude ambiguë où l'indignation le disputait au soulagement : encore un souci de moins. La loi précisait qu'après le 20 mars — la réforme coïncidait avec l'arrivée du printemps — tout garnement corrigé par un adulte pourrait porter plainte contre lui et obtenir son emprisonnement immédiat. A l'idée d'être bientôt privés de fessées, les pères et mères se jetèrent sur les derrières innocents, les frais minois, sans oublier les coups de pied à Médor et à Minou. Ils tapaient sans raison, par réflexe, comme ils se seraient mis à boire si on avait décrété la prohibition. Si bien que le premier résultat de la mesure présidentielle fut d'encombrer en quelques jours les hôpitaux d'enfants !

Matthieu reçut sa convocation avant sa sœur, en même temps que son meilleur ami, Baptiste Tusseau, pour le deuxième étage des beignes et des calottes. Le Palais était réservé un week-end aux garçons, un autre aux filles. Le Président savait que le plaisir à battre le sexe faible n'est pas le même que celui éprouvé avec le sexe fort. La fragilité légendaire des demoiselles, leur anatomie sensible, enfin la pudeur du Chef Suprême commandaient cette séparation : il eût été impensable, par exemple, qu'on déculotte une fillette devant un garçonnet et inversement.

La raclée bien tempérée

Quand les deux amis, au matin du 20 mars, après des adieux déchirants à leurs parents, se présentèrent aux portes du Palais, ils furent éblouis. Ils attendaient une sombre bâtisse, de style médiéval, avec oubliettes et donjon; ils virent une construction aérienne de verre et d'acier s'élevant d'un seul tenant sur quatorze étages reliés par des ascenseurs peints de couleurs différentes. Un drapeau brodé d'une main ouverte qui s'avançait vers un beau derrière rond et nu flottait sur le toit et une banderole d'un rouge vif proclamait : « Vive la juste raclée démocratique ! Vive le châtiment bien tempéré ! »

L'effet en était magnifique. A l'entrée, la place était déjà noire de curieux, dont certains avaient campé là toute la nuit. De larges supports lumineux expliquaient au public le fonctionnement de l'établissement. Les réjouissances se répartissaient sur les étages de la manière suivante :

— Au premier, on tire et on tord les oreilles.

— Au deuxième, on donne des paires de gifles.

— Au troisième, on met les enfants au placard.

— Au quatrième, les petits diables prêtent leurs pouces et leurs ongles à des adultes nostalgiques qui les sucent et rongent avec nervosité.

— Au cinquième, on dispense la fessée à main nue et on botte le derrière.

— Au sixième, on pince la peau, on tire les cheveux.

— Au septième, on reçoit le martinet.

— Au huitième, on pose sur les joues des anges des baisers sonores et mouillés. Ils n'ont pas le droit de s'essuyer.

— Au neuvième, on frappe sur les doigts et les extrémités avec une règle en bois ou en fer.

— Au dixième, on lance la cravache sur les parties charnues.

— Au onzième, on fouette avec des orties fraîches disposées en faisceaux.

— Au douzième, on jette sur la peau nue des fleurs de chardon et on frotte les vauriens avec des herbes coupantes.

— Au treizième, on passe dans la machine à battre, un robot automatisé à quatorze bras qui distribue en bloc chacune des punitions décrites ci-dessus.

— Au quatorzième, on se désaltère à la cafétéria et on admire le panorama sur la capitale.

Au cours d'une année, chaque petit poucet était tenu de traverser au moins deux fois les treize étages. Une loterie tirait au sort leur affectation. Tous les « volontaires », comme on les appelait, étaient fichés sur ordinateur.

Ce matin-là, Matthieu et Baptiste furent conduits par une hôtesse dans un vestiaire de carrelage blanc où, en compagnie d'autres garçons de leur âge — dix ans —, ils durent enfiler une sorte de froc de coton, couleur crème, pareil à un kimono de judoka. Le vêtement, taillé dans un matériau résistant, découvrait bras, cou et mollets, et se relevait facilement. Nom et prénom étaient épinglés au revers du col sur un badge rouge et noir. La journée commençait à neuf heures et se terminait par un grand goûter offert à tous les participants. Le déjeuner était pris sur place à midi. Les parents avaient le droit de venir gifler leur progéniture, à condition de payer comme tout un chacun.

Le deuxième étage formait un vaste espace dont on pouvait d'un seul regard appréhender la profondeur et la largeur. Plusieurs rangées de fauteuils de cuir sur lesquels prenaient place les stagiaires le divisaient en portions égales. Entre deux fauteuils était posée une chaise en paille scellée au sol et garnie de lanières. On y ligotait un chien ou un chat. On avait décidé qu'au contraire des petits d'homme, laissés libres, cabots et mistigris, dépourvus de raison, seraient attachés, de peur qu'ils ne s'enfuient.

Autour de chaque chaise et fauteuil, rocking-chairs et transats étaient mis à la disposition des spectateurs : les réprimandes étaient publiques. Un cadran de cristal liquide, incrusté dans le bras des sièges, indiquait les prix, dégressifs selon le nombre de prestations. Un valet avait la charge d'un enfant et d'un animal. Il vendait les tickets, surveillait les opérations et devait rameuter les clients vers ses protégés, au besoin en vantant la douceur de leur poil, le velouté de leur carnation. La persuasion, le don du boniment faisaient partie de son travail, d'autant qu'il était rétribué selon le nombre de billets vendus.

Le serviteur de Matthieu était un géant bourru, habillé d'une combinaison fluorescente rose marquée de la main ouverte. En quelques mots secs, il lui exposa la marche à suivre : il ne devait ni bouger ni se dérober aux taloches; il n'avait rien à redouter, car on le claquerait en quelque sorte objectivement, sans lui en vouloir. Matthieu objecta que, chez lui, nul ne le touchait, sinon par affection. « Tu as de la chance, répliqua le serviteur, mais dans une société solidaire, les plus favorisés doivent payer pour les autres. » Il le pria de s'asseoir, de se tenir très droit, de ne pas gigoter et de garder un visage avenant si possible. A quelques mètres de là, un autre valet répétait les mêmes consignes à Baptiste, qui lui opposait les mêmes arguments. Le Palais allait ouvrir dans quelques minutes.

Toute la ville piétinait devant les portes d'entrée pour admirer la merveille. Les couloirs d'accès aux étages bruissaient d'une foule indisciplinée contenue par des appariteurs. Au signal convenu, dans un grand bruit de fanfare et de trompettes, on ouvrit les issues. Le Président lui-même, installé dans le PC du Palais, assistait à la cérémonie sur un système vidéo et sablait le champagne avec les membres du gouvernement et les ambassadeurs étrangers.

Un flot de braves gens envahit chaque étage. Ils poussèrent des cris d'étonnement devant ces garçons et ces bêtes sagement assis sur leurs chaises. Certains reconnaissaient le fils ou le bouledogue d'un voisin. Des parents étaient venus encourager leur propre bambin. Ils dévisageaient les candidats un par un, commentaient leur tenue et ne se décidaient pas à commencer, malgré les invitations pressantes des gardiens.

Pendant une heure, personne n'osa ouvrir les hostilités. A la difficulté de frapper un inconnu s'ajoutait la gêne de le faire devant témoins. La présence des autres pesait comme une barrière. Les conversations se raréfièrent et certains rebroussèrent chemin sur la pointe des pieds. Le Président, les yeux rivés sur ses écrans, craignait déjà de perdre la face.

Il comprit, trop tard, que les claques auraient dû être gratuites le premier jour, en voulut à ses ministres de ne pas lui avoir soufflé cette idée et leur promit le knout et le bagne si sa réforme échouait. Annoncer maintenant la gratuité s'apparenterait à une reculade de dernière minute.

Pourtant, les gardiens invitaient, suppliaient presque les promeneurs de passer à l'acte et ne savaient plus à quelle amabilité ou bassesse se livrer pour secouer leur apathie. Qui aurait le privilège d'être battu le premier ?

Enfin, au deuxième étage, une dame rebondie, aux joues vermillon, s'approcha de Matthieu, l'examina sous toutes les coutures, lui toucha la peau, tâta ses muscles, inspecta ses dents et, d'une voix tremblante d'émotion, demanda les tarifs à son valet. Elle reconsidéra le garçonnet, hésita encore, sortit de sa bourse de bons billets craquants — la maison ne faisait pas crédit —, se défit de sa veste et de son sac qu'elle confia au valet et retroussa ses manches.

— Alors, Matthieu (elle avait lu son nom au revers de son col), quelle bêtise as-tu faite pour être ici ?

— Vous savez que je n'ai rien fait, madame, j'ai été nommé par le gouvernement.

— Ce n'est pas bien de mentir, Matthieu. Dis-moi exactement la vérité.

— Vraiment, je vous le jure, je n'ai rien fait.

— Pas la moindre peccadille, le plus petit larcin ?

— Mais non, rien.

Clac : une bonne gifle l'avait atteint sous l'oreille, une gifle à lui dévisser la tête.

Il baissa le nez et se frotta la joue.

— Quoi, tu ne dis plus rien maintenant ? Petit insolent !

La dame gonfla ses ailes du nez et pan ! envoya une torgnole sur l'autre joue de Matthieu, qui en resta étourdi. Elle se massa les articulations et prit la foule à témoin :

— Au moins, il sait pourquoi il est là, maintenant, cette espèce de voyou !

Les spectateurs applaudirent, et Matthieu, le nez baissé vers le sol, ne put retenir quelques larmes. Sa persécutrice se rengorgea sous les bravos et invita les autres personnes à l'imiter : en quelques minutes, les petits furent assaillis. L'impulsion était donnée et se communiqua à tous les étages : du rez-de-chaussée au sommet, on se mit à cogner, à boxer à tour de bras. Certains jouvenceaux pleuraient avant même qu'on les touche, hurlaient quand on levait la main sur eux. Les clients redoublaient d'ardeur à la moindre plainte, sans rien de ce flegme recommandé par le Président. Les clameurs, loin de les attendrir, les galvanisaient, redoublaient leur appétit de frottées. Le vacarme culminait avec le glapissement des chiens, le miaulement des chats entravés par leurs liens et qui élevaient autour du Palais une lamentation à fendre le cœur. Les surveillants contenaient avec peine l'impatience des acheteurs et ne pouvaient empêcher quelques resquilleurs de frapper sans payer. Dans son quartier général, le Président sautait de joie, embrassait diplomates et ministres sur la bouche et voyait déjà de gros tas d'or et d'argent s'entasser dans ses coffres.

La rédemption par le châtiment

Pour tous les volontaires, dont Matthieu et Baptiste, la journée fut éprouvante : cent fois bousculés, houspillés, morigénés par des bourgeois, des travailleurs, des aigrefins, des syndiqués, des immigrés, tapés par des femmes du monde qui gloussaient et minaudaient, ils souffraient de bleus, d'ecchymoses, de traces de griffes, ils avaient le pouce cassé ou saignaient du nez, et, sur leurs joues rouges, des dizaines de doigts s'imprimaient les uns sur les autres.

Une heure avant le goûter de clôture, le Président, sa suite et les dignitaires étrangers vinrent inaugurer le Palais à leur tour. Dans sa largesse, le chef de l'État avait laissé son peuple étrenner l'édifice en premier. Une équipe de la télévision le suivait partout et le ministre de la Plume notait jusqu'à ses reniflements dans un grand cahier doré sur tranche. Marchant à grands pas, le Président souffletait légèrement chaque gamin en passant et serrait la main de son valet. Bien qu'il n'en montrât rien, l'état lamentable des cobayes ne manqua pas de l'inquiéter. Quand il arriva devant Baptiste, aux yeux gonflés et humides, il l'interrogea durement :

— Pourquoi pleures-tu, Baptiste ?

— Je pleure de honte, snif, Président. J'ai reçu, snif, plus de coups en une journée que durant toute ma vie...

— Et tu te plains ? (On aura noté que le Président ne se répétait pas : en effet, le privilège du synonyme était réservé aux grandes occasions et non à un entretien avec un mineur.) Jusque-là, tes parents ne te battaient pas, alors qu'ailleurs d'autres enfants recevaient double ou triple ration de tartes : désormais, vous voilà tous soumis au même régime. L'équilibre est rétabli. N'est-ce pas ingénieux, n'est-ce pas là un merveilleux progrès, une extraordinaire percée historique, du jamais vu, de l'inouï ? (Le Président ne pouvait, malgré tout, s'empêcher de se répéter. C'était plus fort que lui : il raffolait des synonymes !)

— Je ne sais pas, Président, j'ai mal, c'est tout.

— Oh ! le geignard, comme je n'aime pas ça. Vous permettez ?

Le Président se tourna vers le valet pour quêter son

assentiment, et pan ! d'un aller et retour, allongea deux baffes à Baptiste, qui tomba presque de sa chaise, ce qui lui valut un tss-tss réprobateur de la part de l'entourage présidentiel.

— Messieurs, l'ai-je bien envoyée ?

— Parfait, magnifique ! s'écrièrent en chœur ministres et conseillers, et le Président offrit sa paume grassouillette à l'œil de la caméra.

— Voilà, messieurs, une vraie gifle, efficace et sonore, comme j'aimerais que tout le monde en applique.

— Bravo ! Un hourra pour le Président !

Le Président n'ouvrait jamais la bouche sans être aussitôt applaudi par sa suite. Il laissait durer le ban jusqu'à satiété et l'interrompait d'un mouvement du menton.

Un peu plus loin, il tomba sur un affreux roquet qui jappait sans retenue, pareil à une sirène emballée, un roquet aux oreilles tombantes, au pelage ras comme du gazon et à qui une avalanche de coups avait rendu le don de la parole. Bien entendu, il hurlait des obscénités à l'adresse des visiteurs. Le Président s'arrêta devant lui et, fort échauffé par ses grossièretés, lui tint le discours suivant :

— De quel droit oses-tu parler ? Ton rôle est d'aboyer et d'obéir. Je t'ordonne non seulement de te taire, mais d'être heureux !

— Ta gueule, gros lard, fous le camp !

Indigné, ahuri, le chef de l'État voulut frapper le bâtard sur le flanc. Mal lui en prit. Plus leste, ce dernier lui bloqua la paume entre ses mâchoires et y enfonça ses canines. Il y eut un beuglement, et tous se ruèrent au secours du mordu. Heureusement, la lésion était superficielle et l'honorable blessé put s'asseoir peu après à la table du goûter.

Mais, au lieu d'une assemblée de damoiseaux espiègles, il n'avait devant lui qu'une horde de misérables à la mine renfrognée, couverts d'hématomes et que l'arôme des éclairs au café, la vue des choux à la crème, la rondeur des puits d'amour ne parvenaient pas à dérider. Le Président mangea de tout avec bon appétit — à vrai dire, il mangea à lui seul tous les gâteaux, il avait besoin de se reconstituer après l'attentat — mais la mauvaise humeur de la compagnie gâcha son plaisir.

— Est-ce que je me plains, moi ?

Et il exhibait sa main gonflée d'un énorme pansement.

Déjà la presse et la télévision ne parlaient que de la meurtrissure du Président, et ministres, courtisans, ambassadeurs se pressaient à la résidence pour lui présenter condoléances et souhaits de prompt rétablissement.

Cet incident éclipsa totalement le mauvais état des

petits coquins. Dans chaque foyer, leur retour fut accueilli avec des cris d'horreur et de scandale, et les parents passèrent des heures, le dimanche soir, à rafraîchir les épidermes écorchés dans des bassines d'eau, à oindre les joues endolories avec des crèmes grasses. Quant au chien coupable du crime de lèse-majesté, il fut arrêté le soir même, jugé à huis clos et condamné à huit ans de forteresse. Comme on ne le frappait plus, il perdit bientôt l'usage de la parole et se contenta de clabauder, stupidement, comme tous ses semblables.

Le Palais des claques devint l'unique obsession de la république. Petits garçons et petites filles voyaient approcher le week-end avec terreur. Au contraire, les clients se pressaient dès le vendredi après-midi sur le parvis d'entrée. Les hôteliers des environs affichaient complet pour les prochains six mois. Des fripiers louaient à prix d'or pour la nuit des matelas étendus à même le trottoir. Les gens déployaient des trésors d'ingéniosité pour se faufiler dans les files d'attente. On payait des vieillards indigents, des clochards, on envoyait sa bonne ou son boy faire la queue à sa place. Malgré ces ruses, chaque fin de semaine, des milliers de citoyens restaient en carafe, debout sous la pluie ou le soleil, sans pouvoir accéder au Saint des Saints. Ils devaient s'accommoder du récit des autres et, le soir, à la sortie, mendiaient anecdotes et détails à ceux qui avaient eu la chance d'entrer.

Certains, pourtant, continuèrent à prendre la loi à la légère et à porter la main sur les marmousets, les défiant de regimber. Aussitôt, forts de leurs nouveaux droits, les petits en avertirent les autorités, et les parents récalcitrants, les maîtres fraudeurs furent jetés en prison. Pour renforcer la surveillance, l'État installa au coin des rues des boîtes à dénonciation. La lettre anonyme proliféra : le jumeau dénonça sa jumelle, le voisin sa voisine, le professeur son collègue, et les arrestations d'innocents se multiplièrent. Certains lurons, fâchés contre leurs papas et mamans, se giflaient eux-mêmes, puis, la marque de leurs propres doigts gravée sur la figure, couraient avertir le premier gendarme. D'autres, plus roués encore et agissant de mèche avec les agents de la force publique, se dissimulaient dans l'encoignure des porches, appelaient les badauds et tendaient la joue : malheur à qui ne pouvait résister à la tentation ! A peine avait-il levé la main qu'il se trouvait verbalisé, taxé d'une lourde amende que se partageaient les complices. Les geôles se remplirent de marâtres, de brutes, de réfractaires au progrès, et les juges, débordés, se plaignirent d'un excès de travail.

Mais le Palais prospérait, engrangeait des bénéfices, et le Président exultait. Il augmenta le salaire des procureurs et des geôliers et fit construire de nouvelles prisons. Pour mettre fin aux critiques, il publia dans la presse le communiqué suivant : « Le gouvernement, mon auguste personne ne reculera jamais, ne fera aucun pas en arrière. Les parents cruels, les méchants géniteurs seront châtiés sans merci, réprimés sans pitié s'ils tentent, s'ils essaient de s'opposer, de freiner ma grandiose réforme, la marche irrésistible de l'Histoire. »

L'homme aux gants blancs

Quinze jours plus tard, Matthieu et Baptiste furent convoqués au sixième étage pour se faire pincer la peau et tirer les cheveux. Ils retournaient au Palais la mort dans l'âme, d'avance épuisés par le calvaire qui les attendait. Vers les onze heures du matin, on leur avait déjà coincé, malaxé plusieurs fois et de manières diverses l'épiderme des joues, bras, ventre et menton, on leur avait arraché des poignées de cheveux, quand un homme élégamment vêtu, au profil de médaille, s'arrêta devant Matthieu, le soupesa, le jaugea avant d'acheter à son valet une série de dix pincements et étirements successifs. C'était une peine très lourde.

D'une belle veste d'alpaga, l'homme sortit une paire de gants blancs en chevreau, les enfila posément et, d'un geste délicat, effleura les joues de Matthieu. Ses gants, immaculés, tranchaient à peine sur sa peau.

Sa mise soignée, la civilité de ses manières rassurèrent l'enfant. Il comprenait mal qu'un gentleman de ce rang s'abaisse à ces jeux, mais il s'abandonna, confiant, entre ses mains, dont il respirait la précieuse odeur avec délices.

Les cajoleries ne durèrent pas et se transformèrent tout d'un coup en affreux picotements. Cinq petits doigts méchants lui saisirent le gras de la joue et la tordirent en tous sens comme un morceau de papier. Suffoqué, Matthieu tomba presque de sa chaise. L'homme le toisa en souriant et lui prêta l'appui de son bras pour l'aider à se relever. Aussitôt le garçon rassis, il recommença à promener sa main gantée sur sa joue gauche. L'odeur du cuir, tout à l'heure synonyme de clémence, annonçait maintenant le malheur. De fait, après la câlinerie, vint la piqûre, et Matthieu versa de nouveau de sa chaise.

— Gardien, il me fait mal, ce n'est pas juste.

— Cesse de protester. Il a payé pour pincer et reste dans son droit.

— Mais chaque pinçon est cruel et dur comme dix.

— Tais-toi : tu es ici pour encaisser et non pour gémir.

L'homme sourit au gardien, lui glissa une pièce et observa sa victime de longues minutes, les pupilles immobiles. Cette contemplation eut le don d'épouvanter Matthieu qui crut s'évanouir en recevant les derniers pinçons, plus cuisants que les autres. Son tourmenteur prenait son temps et il n'était rien de plus éprouvant que cette attente. Lorsqu'il en eut fini avec lui, il se dirigea sans ciller vers Baptiste, assis non loin de là. Et avec la même lenteur, la même férocité, il lui fit passer un terrible moment.

Huit jours plus tard, Alice et Angèle, les sœurs de Matthieu et Baptiste, eurent droit à leur tour aux faveurs du bourreau ganté et elles pleurèrent des nuits entières la malchance d'être passées entre ses mains. La semaine suivante, les deux garçons, dont les plaies n'avaient pas encore cicatrisé, étaient appelés au cinquième étage du Palais afin d'y subir la fessée déculottée.

Un des principes de l'établissement voulait que les enfants ne soient jamais frappés deux fois de suite, même à quinze jours d'intervalle, sur la même partie du corps. Cela pour éviter des commotions trop fortes ou, au contraire, une insensibilité précoce.

A nouveau pleins d'une horrible incertitude, Matthieu et Baptiste se présentèrent ce samedi-là à leurs postes. Depuis quelques nuits, ils faisaient les mêmes cauchemars : ils se voyaient soumis aux plus affreuses tortures, une foule haineuse les entourait en ricanant et les rires sortaient des bouches comme du pus. Ils ignoraient que tous les pensionnaires du Palais souffraient de rêves identiques et se réveillaient en pleine nuit, en hurlant. La psychose se propageait dans la tribu juvénile.

La matinée se déroula normalement avec le lot usuel des vieilles filles, des célibataires négligés, des idéalistes indécrottables, des utopistes, des exaltés qui souvent se luxaient le poignet en tapant trop fort sur les postérieurs. Les deux camarades s'installaient déjà dans une certaine routine, le cuir presque tanné, s'empêchant de respirer lorsque le coup partait, quand, vers les quatre heures de l'après-midi, surgit, toujours soigné, l'homme aux gants blancs. Il s'aidait, cette fois, d'une canne à pommeau d'ivoire pour marcher. Comme guidé par un radar, sans hésiter, il se dirigea vers Matthieu, le salua d'une inclinaison de la tête, acheta cinq fessées à son valet et en réserva cinq au valet de Baptiste.

Le règlement exigeait que l'enfant subisse cette pénitence debout, appuyé sur sa chaise, le pantalon baissé et le fondement offert à la main vengeresse. Matthieu se déculotta à contrecœur et fut pris d'un tremblement irraisonné. La bouche sèche, le cou rentré dans les épaules, il attendait. La première attaque, d'une violence inouïe, l'envoya promener contre le dos de sa chaise. Un voile noir tomba devant ses yeux. La douleur seule le retint de défaillir : sa croupe le brûlait comme si on y avait appliqué une barre de fer incandescente et il suppliait qu'on l'arrose, qu'on l'éteigne avec une cruche d'eau fraîche. D'une seule volée, l'homme aux gants blancs avait causé plus de dommages que les dix ou vingt personnes précédentes ; sa détente partait à la vitesse de l'éclair, avec une force à couper le souffle. Chaque fois, le corps entier en était ébranlé jusque dans le crâne. Matthieu l'aurait juré, l'homme mettait des cailloux ou un objet métallique dans ses gants. Sa carrure moyenne n'expliquait pas la vigueur des fessées.

D'une voix brisée, il supplia le gardien de vérifier. Ce dernier, après un rapide contrôle, le rassura : les gants étaient bien vides. Matthieu refusa de le croire : chaque ramponneau restait un supplice, et sa peau, déjà à vif, saignait. A la fin, le valet dut le tenir pour qu'il résiste aux assauts qui se succédaient sur un tempo emballé. Baptiste observait la scène avec effroi, sachant que son tour allait venir.

De fait, quand l'homme en eut fini avec son ami, le laissant à demi mort, il s'épongea avec un mouchoir de dentelle, se fit servir un verre d'eau minérale et vint exercer son triste ministère sur lui. Cette fois encore, il se dépassa dans la sauvagerie. Il visait le derrière du garçonnet d'un œil atone, presque avec apathie. Il levait la main : alors une espèce de clarté illuminait son visage et, les lèvres humides, les traits contractés, il s'abandonnait à l'ivresse de battre. Le spasme culminait au moment du coup, et il se remettait de la commotion en respirant bruyamment, comme s'il avait couru.

Matthieu et Baptiste durent rentrer chez eux en ambulance et ils furent dispensés, après examen médical, de fessée jusqu'à la fin du week-end. Les valets manifestèrent leur mauvaise humeur : ces marmots qui déclaraient forfait après trois contusions ne valaient rien pour le Palais. Ils rédigèrent une pétition au Président afin d'obtenir des garçons plus robustes, au besoin en les important de l'étranger.

Les méchants sont punis

Lorsqu'ils virent arriver leurs petits tout défaits et dolents, les parents de Matthieu et Baptiste entrèrent dans une rage folle. Les deux pères se téléphonèrent immédiatement pour convenir d'une action de représailles. Ça ne pouvait plus durer. Mais que faire ? Ils n'avaient aucun droit d'intervenir à l'intérieur du Palais ou de venir y protéger leurs enfants, procédure qui leur aurait valu la prison. Entamer une action en justice contre l'État entraînerait tracasseries et frais pour un résultat improbable. Restait la solution de la vengeance privée : ils s'y résolurent après quelques scrupules vite surmontés.

Matthieu et Baptiste savaient que leur oppresseur se rendait chaque semaine au Palais pour y passer les deux journées complètes. Toujours seul, il y abandonnait des fortunes, prenait autant de plaisir à corriger les Gavroches que les Bécassines et ne partait qu'à la fermeture, après une orgie de châtaignes et de mornifles. Il était facile à reconnaître tant par sa grande taille que par son vêtement recherché : lui seul portait des gants blancs.

Forts de ces renseignements, M. Darbois et M. Tusseau se postèrent le dimanche soir suivant à la sortie du Palais des claques. Ils eurent la douleur de voir leurs deux cadettes, Alice et Angèle, sortir dans un état lamentable, les yeux pochés, la figure tachée d'hématomes, et ce spectacle accrut leur colère. Parmi le flot des visiteurs, ils identifièrent sans peine le tortionnaire élégant. Il portait ce soir-là un complet de flanelle croisé, des chaussures de cuir bordeaux, et une rose blanche était piquée sur son veston. Il marchait vite, l'air épuisé, les orbites creusées, et n'avait même pas enlevé ses gants. Les deux pères le prirent en filature, se retenant de se jeter sur lui et de le piétiner en public. Arrivé sur une place peu fréquentée, l'individu héla un taxi, et ses poursuivants, garés non loin de là, n'eurent que le temps de démarrer en trombe. La course fut longue, tortueuse et, à maintes reprises, la deuxième voiture faillit perdre de vue la première, qui roulait vite. De toute évidence, la brute aux mains blanches habitait les beaux quartiers, loin du centre, dans un monde de verdure, d'espace et d'harmonie. Les autos longèrent des parcs, des villas somptueuses noyées sous la végétation, des allées cavalières que bordaient de hauts platanes ; enfin le taxi tourna et stoppa dans une rue calme, plantée de tilleuls dont les fleurs, déjà écloses, embaumaient, devant une maison à deux étages.

Le passager jeta un billet au chauffeur sans se soucier de reprendre sa monnaie. Les deux pères s'arrêtèrent non loin, tous phares éteints, et descendirent promptement. Il s'agissait de cueillir l'homme avant qu'il n'entre chez lui. Quoique bien éclairée, la rue était déserte. L'individu avait entrouvert la porte de son jardin quand il entendit des pas qui approchaient : il n'eut pas le temps de refermer la grille que deux silhouettes masquées l'avaient saisi aux épaules. D'un mouvement brusque, elles le poussèrent dans une contre-allée ; et tandis que l'un de ses agresseurs le maintenait contre le mur, la main sur la bouche pour étouffer ses cris, l'autre lui arracha ses gants et les retourna : à l'extrémité de chaque doigt était collé un minuscule dé de plomb. Et une mince poche cousue à l'intérieur de la paume était remplie de limaille de fer. Le camouflage était à peine visible : cela expliquait la méprise du gardien lors de sa vérification.

Alors ils examinèrent ses chaussures : les bouts étaients renforcés de fers taillés en pointe qui devaient rendre les coups de pied particulièrement douloureux. L'homme se débattit, parvint à se dégager et rugit :

— Vous n'avez pas le droit, je n'ai rien commis d'illégal, ça va vous coûter cher.

— Et tu prétends nous intimider, en plus ! siffla M. Tusseau. Crois-moi, on ne va pas se gêner, maintenant qu'on te tient !

Le père de Baptiste enfila les gants blancs un peu justes pour lui, le père de Matthieu chaussa les souliers ferrés et, chacun à leur tour, sans répit, ils giflèrent, heurtèrent et bottèrent le quidam jusqu'à ce qu'il s'effondre en sanglotant. Il leur proposa de l'argent, beaucoup d'argent, puis, devant l'intensité redoublée des attaques, à bout d'arguments, demanda pardon, implora, adjura, promit de ne plus recommencer. Mais les deux justiciers, qui revoyaient les visages tuméfiés de leurs fils et de leurs filles et que la lâcheté de l'homme hérissait, lui crachèrent à la face, lui firent avaler sa rose pétale par pétale et abattirent leurs poings sur sa tête. Ils le saisirent par les cheveux et lui cognèrent le crâne contre un mur jusqu'à ce que la pierre fût humide de sang. Il ne gémissait presque plus. Ils le secouèrent de plus belle et lui portèrent plusieurs estocades dans les côtes : ils auraient continué si un domestique, alarmé par les cris, n'avait ouvert une fenêtre et demandé :

— Qui est là ? Est-ce vous, Monsieur ?

Alors, laissant le dandy étendu sur le sol, la bouche mordant la poussière, ils s'enfuirent en silence dans la nuit.

Des satans en culotte courte

Dans les semaines qui suivirent l'incident, la presse de la république signala plusieurs cas d'agression d'usagers du Palais des claques. Tous revenaient d'une bonne journée de taloches et de dérouillées quand, dans une ruelle sombre, sur le pas de leur porte ou même chez eux, ils avaient été abordés par des inconnus et sauvagement éreintés. La police ouvrit plusieurs enquêtes qui n'aboutirent pas.

Jusque-là, le Président et son régime se félicitaient d'avoir interdit les châtiments corporels à l'école et à la maison : le pays avait acquis une auréole humanitaire sur le plan international et les finances un sérieux renfort, grâce aux recettes du Palais ; il y avait de l'or dans les mains des citoyens et le Président se louait de faire fructifier ce gisement. Il avait baptisé l'opération « Paumes de diamant ». Le Palais allait bientôt être coté en Bourse. Il était fortement question de l'ouvrir un jour de plus, du vendredi matin au dimanche soir.

Pourtant, en peu de mois, la situation s'était dégradée et il devenait évident que cette réforme concourait à la grandeur passagère d'un homme, non à la prospérité de son pays. D'abord, les parents à qui on interdisait de toucher leurs marmots allaient casser la figure à ceux qui prétendaient les remplacer. Ils ne toléraient plus qu'un tiers esquinte ou démolisse la chair de leur chair, le sang de leur sang. Et puis les pères tape-dur, les mères la castagne dépensaient toutes leurs économies au Palais, et l'épargne populaire chuta au point de se tarir complètement. En outre, chaque jour, des lettres arrivaient à la présidence qui suggéraient l'invention de nouveaux supplices : épines de roses à frotter sur les joues, poil à gratter sur les parties sensibles, pipi-stop à décharges électriques, marche avec des godillots sur les doigts, mains à tremper dans l'eau bouillante ou glacée, machine à amputer, boxeuse automatique, etc. Le Président, choqué par ces propositions barbares, dut faire paraître un communiqué pour préciser que le Palais « entendait rester dans le cadre des peines traditionnelles, souhaitait demeurer dans le cercle des châtiments habituels et ne développer que des punitions douces, des peines cool ».

La loi voulant mettre un terme à la violence la propagea partout et provoqua des abus pires que ceux qu'elle prétendait guérir. Disposant pour ainsi dire d'un permis de battre officiel, certains habitués poussaient très loin leurs prérogatives : au lieu d'administrer des corrections, ils agonissaient les mouflets d'injures, les tapaient avec une férocité à tuer un bœuf, tentaient de leur arracher des gémissements. D'autres mouraient d'une attaque ou d'un infarctus dans l'excès de leur acharnement. On en avait vu qui tombaient sur un petit comme la grêle sur les premiers bourgeons, le plaquaient sur sa chaise, lui serraient le cou à l'étouffer jusqu'à ce que l'objet de l'offensive perde connaissance et s'effondre les yeux fermés, les bras raidis. Il fallait alors que deux ou trois valets empoignent le furieux, le retiennent d'achever le blessé. Ce n'était plus un châtiment bien dosé mais une charge sauvage à la tête du client où les pires instincts trouvaient à se déchaîner.

Aucune règle ne codifiait la fermeté des coups : on s'en remettait à l'intuition du valet pour mesurer les sanctions, freiner l'enthousiasme des consommateurs, au besoin les expulser. C'était compter sans la corruption. Les gardiens qui voyaient des sommes considérables passer entre leurs mains ne résistaient pas à la tentation d'un bakchich. Moyennant quoi ils autorisaient tous les écarts, n'hésitant pas, certaines fois, à attacher leur stagiaire pour qu'il ne se dérobe point. On disait aussi des plus cupides qu'ils prêtaient un enfant à de gros bonnets et l'enfermaient avec eux dans un cabinet particulier, loin de tout contrôle. Les pires choses circulaient sur ces huis clos. Les gosses en sortaient aphasiques, balafrés, affreusement écorchés.

Même les médecins tombaient dans l'esprit de lucre et n'accordaient leurs dispenses aux patients qu'en dernière extrémité. Ce n'était plus un palais mais un laboratoire de torture : le lieu de villégiature était devenu une tanière de loups.

En proie à des vexations de toutes sortes, les bambins à leur tour s'endurcirent. Ils revenaient chez eux les yeux au beurre noir, couverts de plaies et le cœur comprimé de haine. Ils devaient se contenir au Palais — l'un d'eux avait quand même arraché le doigt d'un client avec ses dents — mais se jetaient les uns sur les autres dès qu'ils sortaient, se mordaient et se déchiraient les vêtements. Les sots devinrent méchants, les méchants devinrent cruels et les cruels enragés. Des emportements, des désirs de vengeance couvaient en chacun, on ourdissait de noirs complots, on rêvait de se faire justice. La semaine à l'école se passait en pugilats, rossées, passages à tabac. Les élèves choisissaient parmi eux le plus fragile et se remboursaient sur lui des malheurs subis au Palais. On l'aplatissait, on le bourrait de coups de poing et de pied. Osait-il protester qu'il recevait double tournée et devait supporter son martyre en silence, trop heureux de servir de punching-ball à ses camarades. De chahuteurs, les jeunes gens se transformèrent en scélérats. On les grondait, mais une gronderie que n'assortit pas la menace d'une gifle reste sans effet. Et puisque, de toute façon, on les battait le week-end, autant mériter la bastonnade et s'échauffer par tous les moyens. Les Lucifers en culotte courte crevaient les pneus des voitures de leurs maîtres et maîtresses, les bombardaient de petits-suisses et de fromage blanc pendant les cours, posaient des clous, pointe retournée, sur leur chaise, les huaient, les sifflaient ouvertement. A la cantine, au réfectoire, ils cassaient les assiettes, s'en jetaient le contenu à la tête, défiaient les serveurs, les provoquaient, prêts à les dénoncer au premier geste de riposte. En six mois, le niveau scolaire du pays baissa de façon effrayante. Les professeurs, qui ne pouvaient plus tenir leurs classes, s'arrachaient les cheveux. Les chauves, parmi eux, arrachaient les cheveux de leurs collègues, d'où résultaient plus de frictions et de querelles dans le corps enseignant.

Les sacripants, non contents d'être en permanence survoltés, avaient développé, comme leurs valets, l'esprit de fraude et de contrebande ; les plus riches, parmi eux, payaient des garçons ou des filles pauvres pour les remplacer trois ou quatre heures, les après-midi de service. Ils leur versaient une ristourne que le remplaçant se partageait avec le valet. Les principes se voyaient allégrement bafoués et l'égalité de tous devant la faute, piétinée. Beaucoup de chenapans, en accord avec leurs parents, s'étaient mis dans l'idée de tricher et, sous leur slip, cousaient de vieux pneus ou un rembourrage d'épaisse laine et de chiffons qui atténuait la douleur. Pour les autres, les familles dépensaient des fortunes à soigner les fesses rougies avec des crèmes, du talc, des baumes analgésiques, à badigeonner les coupures d'iode et de mercurochrome. Les soins, non remboursés, ruinaient les ménages nécessiteux.

Les petites filles modèles ne voulaient pas être en reste de rosseries. De la réserve, elle glissèrent à l'effronterie, cultivant la saleté à plaisir, se maquillant à tort et à travers, se barbouillant la face de couleurs vives propres à effrayer. Leur jeu favori était de s'asseoir sur les genoux de grands-pères ou de grands-oncles et là, bien installées, sous prétexte d'un baiser dans le cou, de leur croquer l'oreille, du bout de leurs dents de lait, jusqu'au sang. Les mignonnes s'étrillaient les unes les autres avant de provoquer les garçons, de les assaillir. Honte à ceux qui tombaient entre leurs mains : elles transformaient les bagarreurs les plus farouches en mauviettes, en esclaves dévoués corps et âme à leurs caprices. Un de leurs groupes se rendit tristement célèbre par ses exactions : la clique des talons hauts, ainsi nommée parce que ses membres frappaient avec des chaussures à talons aiguilles volées à leur maman. De furieuses petites matrones prenaient la tête d'expéditions nocturnes, brisant, pillant tout sur leur passage. Elles hurlaient comme des hyènes lâchées dans la ville, et leurs cris aigus, assourdissants, leurs ricanements en cascade faisaient courir un frisson de terreur même chez les truands.

La situation devint également critique sur le front des propriétaires d'animaux. A chaque retour du Palais, ils récupéraient leurs bêtes dans un état de nervosité et d'effroi qui gâchait le plaisir de leur compagnie. Tendait-on la main pour les caresser qu'ils fuyaient à toutes jambes. Ou ils se mettaient à cracher, aboyer, mordre et griffer. On devait bientôt se séparer d'eux. Dans l'enceinte même du Palais, on passait désormais les menottes aux chats et aux chiens ainsi qu'une muselière sur la gueule. Cela ne les rendait que plus désaxés. Et puis les puces et les tiques, toute cette population parasite qui vit dans leurs poils, quittaient leur monture le vendredi soir et la reprenaient deux jours plus tard. Elles passaient leur week-end à jeun et dans le froid — certaines trouvaient à se loger provisoirement chez un barbu ou un chevelu — et cette parenthèse les mettait de fort méchante humeur. De l'infiniment grand à l'infiniment petit, toute la république murmurait.

L'insatisfaction tourna à la révolte le jour où un caniche écossais, pomponné et astiqué, trouva la mort à la suite d'une grêle de coups administrés par un retraité des Postes et Télécommunications. Le chien agonisa dans un jappement lugubre en agitant ses pattes parfumées. Les circonstances du décès révoltèrent l'opinion. La propriétaire du caniche, la veuve d'un général d'infanterie, intenta un procès à l'État. Le Président essaya d'étouffer l'affaire. En premier lieu, il publia un décret interdisant aux chats et aux chiens de mourir à l'intérieur du Palais. Après quoi, pour calmer les passions, il fit arrêter le meurtrier. Ceux-là mêmes qui vouaient ce dernier aux gémonies firent volte-face et prirent aussitôt sa défense. On s'indigna que l'État veuille échapper à ses responsabilités et s'en décharger sur un consommateur. Des comités de soutien apparurent et le caniche servit de détonateur à une vaste campagne contre le régime. Du coup, le Président céda. Il relâcha le retraité et indemnisa largement la veuve en lui offrant deux pékinois au brillant pedigree. Mais le taux de fréquentation du Palais commença à décliner. La crise était ouverte. Et ce n'était rien en comparaison de ce qui allait se passer.

Mamie ne répond plus

Le Palais des claques fonctionnait depuis neuf mois. L'automne tirait à sa fin, les premières neiges tombaient. Matthieu et Baptiste, toujours inséparables, allaient être soumis au test de la machine à battre, au treizième étage. Qui les avait vus avant n'aurait pu les reconnaître. Ils donnaient l'apparence de petits durs à la peau cuirassée, au visage maussade, toujours aux aguets : d'avoir enduré, pendant près d'une année, les lanières cinglantes des fouets, les taloches, les coups de règle aux arêtes tranchantes, les trempes à répétition, les avait aguerris.

Pourtant, sous leur air coriace, ils restaient deux galapiats que la terrible machine effrayait. Car le robot, surnommé « Mamie », du nom de feu la mère du Président, prodiguait à lui seul les douze châtiments des étages du dessous, plus une pénitence originale : l'étreinte. Il serrait à l'étouffer entre ses parois métalliques le jeune volontaire, en signe d'affection excessive. Mamie se composait d'un ingénieux boîtier de deux mètres de haut commandé par un ordinateur, aux cloisons mobiles comme des ailes qui épousaient la forme et la taille du candidat. Elle avait l'allure d'un oiseau géant, d'un rapace prêt à recouvrir et engloutir ses proies. Attaché à l'automate par des sangles, l'enfant se retrouvait immobilisé sans même la possibilité de tourner la tête. Des coussinets de mousse, placés aux endroits sensibles, amortissaient les chocs les plus durs. Les quatorze mains de Mamie étaient des battoirs d'acier articulés qui pouvaient dans le même instant donner un soufflet, décocher une ruade, balancer des coups de cravache, tirer les oreilles et pincer les fesses. Bref, Mamie régalait les gamins d'une salade de tartes et de dérouillées et les secouait comme des pruniers jusqu'à ce qu'ils voient trente-six chandelles. Cette sanction, pour redoutable qu'elle fût, était préférée par beaucoup à de longs et lents procédés : avec Mamie, les mauvais moments passaient vite. Et puis elle tapait de façon toujours égale, sans passion ni courroux.

Mais de nombreux clients, réduits avec elle au rôle de spectateurs, frustrés du plaisir du contact, la boudaient, au contraire des vieillards, des manchots, des mutilés, des impotents qui se réjouissaient de battre par procuration.

Le matin des « événements », comme on les nomma plus tard, Matthieu et Baptiste reçurent deux « totales » et se retrouvèrent à midi presque knock-out. Au déjeuner, l'atmosphère du réfectoire leur parut inhabituelle : à toutes les tables, les zigotos, au lieu de manger, chuchotaient à voix basse, sous l'œil des laquais qui feignaient de ne rien voir. Que se passait-il ? Depuis plusieurs semaines, les plus grands parmi les volontaires — les quatorze, quinze ans — préparaient un soulèvement avec une majorité de valets scandalisés par la débâcle du Palais. Ils avaient cru de toute leur foi à la réforme, mais le comportement du public, la dépravation de leurs confrères les outraient : seuls les fanatiques, les stipendiés parmi eux persistaient à suivre le règlement du Palais à la lettre. Les conspirateurs n'avaient pas jugé utile d'informer les benjamins, redoutant leurs mouchardages. Dans le plus grand secret, avec la collaboration d'experts venus de l'extérieur, ils avaient entamé les lanières des martinets, les tresses des cravaches, les liens des animaux et surtout saboté le mécanisme des machines. Ils ne prévinrent l'ensemble des fripons qu'au dessert, les pressant de choisir leur camp : les partisans de l'ordre établi étaient libres de partir. Si grande était l'aversion contre le Palais parmi les petits qu'aucun d'eux n'esquissa même le geste de se lever ou d'aller rapporter à un responsable les plans qui se tramaient. Ils plébiscitèrent le projet et se dirent prêts à renverser la tyrannie.

Des escouades de lutins furent expédiées vers les autres étages pour faire la liaison. La mutinerie était prévue pour quinze heures, au moment de la plus grosse affluence.

Comme les aiguilles des horloges approchaient de l'instant fatidique, un ancien combattant acheta une double « totale » au gardien de Baptiste. Le robot fut allumé, trembla, ronronna, détendit ses bras, se mit en position de départ et s'arrêta. Alarmés, gardien et client se penchèrent sur l'appareil et l'auscultèrent ; sans crier gare, Mamie envoya à l'un en pleine figure un solide crochet, gratifia l'autre d'une manchette, d'un direct aux genoux et d'un uppercut au creux du ventre. Toute la machine était déboussolée et reprogrammée pour agripper et tailler en pièces ceux qui l'approchaient. Les liens de Baptiste, cisaillés la nuit même, sautèrent, le cœur de Mamie desserra son étreinte et le petit garçon put s'enfuir à quatre pattes, évitant de justesse de solides claques et laissant les deux prisonniers recevoir la plus grande tripotée de leur vie.

Au même moment, toutes les batteuses de l'étage s'affolèrent et se retournèrent contre les usagers. Certaines, qui avaient trop chauffé, se disloquèrent en mille morceaux, avec un bruit de chaudière qui explose. Ce fut le signal de l'insurrection. Dans tout le Palais, des dizaines de minets et de toutous, prêts à tuer, aiguisaient griffes et crocs, tandis qu'à côté d'eux les bambins se précipitaient dans les jambes des adultes et les déséquilibraient.

La soudaineté joua en faveur des insoumis ; les flâneurs, pris de panique, s'égaillèrent. La bataille était engagée. Contents de pouvoir cogner gratuitement, quelques consommateurs serrèrent leurs poings et se lancèrent dans la cohue. Les valets dissidents maîtrisèrent vite les loyalistes, et les petits bonshommes, défavorisés par leur taille, se mirent d'accord sur la tactique de l'étouffement : ils se précipitaient en nombre sur un seul adversaire à la fois et le terrassaient sous leur poids. Ils accablaient particulièrement les huissiers et les surveillants qu'ils avaient pris en grippe, leur coupaient la respiration, introduisaient leurs doigts dans leur nez, leurs oreilles, leur bouche, leur arrachaient les cheveux, des lambeaux de peau, poussaient des hurlements de joie en les piétinant. Leur victime abattue et pantelante, ils se lançaient sur une autre qu'ils suffoquaient et bourraient de coups jusqu'à ce qu'elle reste à terre sans connaissance. Quelques petites filles qui étaient là en visite avec leur maman se joignirent aux agitateurs et s'amusèrent à écrire avec leurs ongles leur nom sur la peau des bourreaux comme on écrit sur un tableau avec une craie.

Les chiens, à demi fous de sang, plantaient leurs canines dans les mollets, les chats sautaient aux visages, les lacéraient en longues traînées écarlates. La mêlée était ponctuée de cris assourdissants et le tintamarre s'accrut du bruit des chaises cassées, des fauteuils démantelés, des vitrages brisés. Une partie des habitués avaient pu refluer en désordre vers les sorties, mais les autres, enfermés par les émeutiers, craignaient pour leur vie. La police avait encerclé le Palais, fait évacuer les abords et attendait l'autorisation du Président pour donner l'assaut. Mais ce dernier nourrissait une autre idée.

Le Président paie de sa personne

A peine averti du drame, le Président comprit qu'il avait rendez-vous avec l'Histoire. Il savait qu'en certains cas désespérés le geste d'un homme peut renverser le cours des choses. L'heure était venue pour lui. Il appela son chauffeur et se fit conduire en grande célérité sur le théâtre des événements.

Contre l'avis de ses proches, il pénétra sans escorte dans le Palais, accompagné seulement de quelques intimes, prit l'ascenseur et arriva au treizième étage où l'échauffourée continuait de plus belle. Son apparition pétrifia les lardons, qui, badines, baguettes, fouets et croquenots à la main, flanquaient de sérieuses peignées à leurs anciens cerbères. Et le Président lui-même fut saisi : la vue de cette cour des miracles, de cette racaille lui inspira un haut-le-cœur :

— Mon Dieu, les sales gueules !

Il sut se reprendre et parvint à esquisser un sourire, qui découvrit ses gencives. Les petites gouapes ripostèrent par des injures, des sifflets. Le Président, usant de ce rictus comme d'un bouclier, leur imposa le silence et dit :

— Mes chers enfants, je viens à vous dans un esprit de réconciliation et de paix. (Naturellement, le Président évitait les synonymes : il voulait parler efficace.) Je sais qu'il y a eu des injustices : nous y mettrons fin. Mais votre agitation me désole. Auriez-vous déjà oublié mon amour pour vous, ma volonté de limiter le pouvoir de vos pères et mères qui se déchargent sur vous de leurs frustrations ? Avec moi, enfin, la trempe en toute impartialité, la ratatouille à dates fixes sous le contrôle de fonctionnaires assermentés ; quatre jours de trique par mois, c'est régulier non ? Croyez-moi, il n'est pas de bambins plus choyés aujourd'hui sur terre. Et pour vous prouver ma bonne volonté, je vais moi-même me prêter au jeu. Je vais m'asseoir ici dans ce fauteuil et chacun viendra me gifler. La nation entière vous regardera et admirera mon esprit magnanime, car notre séance sera télévisée.

— Président, vous n'y songez pas, murmura le Premier ministre, c'est du suicide pur et simple, ces gosses vont vous massacrer.

— Ils n'oseraient pas !

— Ils sont surexcités, prêts à tout.

— Silence et pas d'objections. Je l'ai décidé et je le ferai. Je le ferai car je l'ai décidé. Point à la ligne, signe de ponctuation. Je suis le chef et aussi le patron, le boss, c'est-à-dire le caïd. (Le Président, retrouvant son courage, parlait à nouveau par synonymes.) Je dois donner l'exemple, servir de phare. Moi seul, je unique sais prendre les mesures appropriées, adopter les mesures… non… les… ah zut, grammairien ! (Le Président avait un trou : pris de court en public, il appela son souffleur, celui qui ne le quittait jamais, de jour comme de nuit, dormait au pied de son lit, se douchait avec lui et patientait à la porte des waters au cas où le Président aurait eu besoin d'un vocable.) Vite, grammairien, un équivalent de « mesures ».

— Tout de suite, Président : évaluation, mensuration, dimension, taille, cadence, échelle, ration.

— Mais non, imbécile heureux, débile angélique, pas mesure dans le sens de calculer, mesure dans le sens…

— Tout de suite, Président, mesure dans le sens de modération, retenue, précaution, prudence, circonspection.

— Tu es vraiment trop bête, cloche à l'excès. J'ai dit « prendre les mesures appropriées » et te demande ci-devant, derechef et tout de suite, un synonyme, un équivalent, un sosie, un alter ego et que ça saute !

— Tout de suite, Président, mesures dans le sens d'initiatives, d'actes, de décisions.

— Enfin ! Donc je recommence, je résume : moi seul, je unique sais prendre les mesures appropriées, adopter les décisions justes. Par conséquent, en suite de quoi, je m'assiérai sur ce fauteuil, poserai mon derrière sur ce siège et me soumettrai volontairement, subirai de mon plein gré marrons et pilées. Ainsi j'ai dit, hugh, j'ai parlé. Cameraman, à vous !

Le Président s'installa sur la seule chaise encore debout et invita la marmaille à venir le calotter. La télévision nationale, requise d'urgence, filmait la scène. Les poussins restèrent d'abord interdits. Toute espèce de murmure ou raillerie avait cessé parmi eux : même les fortes têtes ne savaient que penser et n'en croyaient pas leurs yeux. Chats et chiens, comme frappés par la majesté de l'instant, s'étaient couchés aux pieds de l'auguste personnage et léchaient ses escarpins vernis. Maintenant, le Président savourait pleinement son triomphe : il avait surpris ces filous ; il lui restait à les confondre. Il arborait un sourire effrayant, et les maillons de sa chaîne d'or ressemblaient à un collier de dents acérées, prêtes à mordre. Il se leva, vint prendre la main d'un zigomar et la posa contre sa joue.

— Allons, mon petit, n'aie pas peur, tu as le droit, je te donne la permission. Je dirai même plus et j'ajouterai : Tu dois le faire, c'est un ordre. En un mot et bref, fous-moi une raclée !

Gauchement, le gosse donna une tape sur la joue grasse et potelée du Président. Plutôt que des joues, c'étaient des coussins de chair rouge gonflée qui tombaient en sacs de part et d'autre du visage. Les rouflaquettes semblaient une corde destinée à les retenir. Les doigts du gifleur s'enfoncèrent dans cette pâte qui les absorba comme du caoutchouc mou. Le Président ne cligna même pas des yeux. La mine déconfite des chétifs le renforça dans sa détermination. En dedans de lui, il pensa : « Je suis génial ! » Un autre sourire, plus carnassier encore, étira ses lèvres et, d'une voix forte, pleine d'assurance, il s'écria :

— Au suivant, au prochain !

Un autre candidat effleura ses pommettes.

— Au suivant !

Mais la gêne ne dura pas. Devant cet homme qui prenait les soufflets avec complaisance, les petits princes s'enhardirent. Ils n'oubliaient pas sa responsabilité dans leurs malheurs récents. Ils lançèrent alors leurs menottes avec vigueur et bientôt l'épaisse couche de lard qui garnissait les joues du chef de l'État ne suffit plus à amortir les coups. A chaque gifle, il ressentait des fourmillements désagréables. Il continuait de crier : « Au suivant ! » mais sa voix fléchissait et ses conseillers le suppliaient d'arrêter.

— Président, lui souffla à l'oreille le ministre de la Terre et des Produits naturels, il est temps de mettre un terme à l'expérience. Nous ne pourrons bientôt plus les tenir. Croyez-moi : le mieux est l'ennemi du bien.

— Hum ? Vous croyez ? Vous êtes trop méfiant. Ils s'amusent, se divertissent.

Mais Baptiste, c'était son tour, avait atteint par erreur la joue du ministre au lieu de celle du Président. L'assemblée éclata de rire et les dernières inhibitions des factieux cédèrent. Ils n'attendirent même plus d'être appelés et se relayèrent l'un après l'autre en une longue chaîne fébrile pour lyncher le dignitaire suprême. Ce dernier commençait à regretter son indulgence : servir de tête de Turc ne lui chantait pas du tout. Derrière chaque frimousse de cette meute, deux yeux vengeurs le guettaient, le condamnaient, le mettaient en joue. Et la nation qui assistait au drame en direct !

Les claques partaient à un rythme effréné, par groupe de trois ou quatre, comparables au martèlement d'une lavandière sur un drap. Le Président, congestionné en temps normal, vira au pourpre, au cramoisi. Son cou prit la teinte d'une brique. Il n'avait pas vraiment mal, son matelas de couenne le protégeait, mais il se sentait vexé, horriblement vexé. Le zèle de ces bambins agglutinés devant lui comme un jury de cour d'assises et qui se hissaient sur la pointe des pieds pour mieux l'atteindre, cette fougue, cette opiniâtreté représentaient quelque chose d'outrageant. Il voyait sa clémence tournée en farce. Au bord de l'apoplexie, il beugla :

— Pouce, je ne joue plus. Ça suffit ! D'ailleurs, je me sens un peu faible.

— Tu es pétant de santé par rapport à ce que tu vas être dans quelques minutes, crièrent Matthieu et Baptiste pour encourager les assaillants. On va te mettre une de ces pâtées !

Chauffés à blanc par des heures de chahut, épanchant une vieille rancune, les petits bandits trépignaient sur place, pareils à des piles électriques. Jamais plus ils n'auraient l'occasion de se dédommager de cette façon, surtout sur le premier personnage de la nation. Une fraction de seconde, ils retinrent leur souffle, puis, après un retentissant « Taïaut ! », tombèrent sur lui à bras raccourcis. Ils le gaulèrent, le fustigèrent, le boxèrent, le culbutèrent, le fouaillèrent, lui épilèrent les poils de la barbe, lui froissèrent les joues tant et si bien que ministres, conseillers et grammairiens, craignant pour leur vie, sortirent leurs sifflets et appelèrent la police.

Casquées, bottées, les forces de l'ordre firent irruption au treizième étage, dispersèrent les canaillous avec leurs matraques et relevèrent le Président à demi groggy. Il grelottait de terreur, un filet rouge coulait sur son menton, sa chaîne d'or était cassée. Perdant tout sang-froid, il lança aux garnements parqués dans un coin :

— Bande de monstres, je vais vous dresser à coups de pompe dans le cul ! Dans le cul, vous entendez !

Le cameraman continuait à filmer et toute la république apprit les projets éducatifs du Président. Il écumait, tempêtait, mi-sanglotant, mi-vociférant, quand, au milieu d'une diatribe, il recracha une molaire qui roula sous les pieds des petits poucets. Aussitôt ceux-ci levèrent leurs talons et avec hargne réduisirent la dent en poudre. Cette ultime preuve de méchanceté acheva le Président : il fondit en larmes dans les bras d'un CRS (compagnon ravi de servir) et fut transporté sur une civière dans une ambulance. Et toute la nation put assister en direct à l'effondrement de son dirigeant.

La république bascule dans l'anarchie

Le Palais des claques était fermé. Les scellés avaient été apposés sur la porte d'entrée, l'électricité coupée, le drapeau mis en berne. La poussière s'accumulait sur les tapis et les fauteuils, les plantes vertes, desséchées, jaunissaient. Les robots rouillaient et servaient d'abris aux pigeons. Les ascenseurs pendaient au bout de leur câble et l'un d'eux, parfois, se détachait, allait s'écraser quelques dizaines de mètres plus bas. Des herbes folles pointaient entre les pans de moquette déchirée.

La police avait arrêté les leaders de la confrérie des « Trois poils au menton », des adolescents impubères qui avaient fomenté les troubles. Puis, faute de juges acceptant de les condamner, elle les avait relâchés, non sans les priver de dessert pour deux ans. Quant aux valets rebelles, ils furent enfermés dans un pénitencier et soumis à un régime d'exception.

Le Président, cloîtré dans sa résidence, sur la colline qui dominait la capitale, ruminait son échec. Un échec aux conséquences humiliantes. Depuis qu'il avait interdit les châtiments corporels et ouvert ce palais, il avait en quelque sorte développé le besoin de corrections. Les plus douces des mamans, les plus gentils des papas avaient pris l'habitude de tabasser chaque week-end. L'accoutumance aidant, frapper devint une drogue. Les anges de bonté se transformèrent en viragos, les saintes en chipies, les égéries en petites pestes et il semblait qu'en chacun on eût réveillé les mauvais penchants.

Que le Palais fût une invention infernale, on le comprit dès qu'il ferma. Sevrer les alcooliques du jour au lendemain n'eût pas semé plus de troubles. Possédés de l'envie de rosser et ne pouvant la satisfaire, les citoyens perdirent la tête. Pressés d'en découdre, ils multiplièrent les prises de bec, se sautèrent à la gorge, sans griefs réels. Non seulement ils n'avaient pas besoin de raison pour s'empoigner, mais l'existence d'un différend entre eux les conduisait à éviter l'affrontement, à s'écarter les uns des autres, un peu à la façon dont les mêmes pôles de deux aimants se repoussent. On détestait son prochain par fanatisme et non par intérêt : la vraie hargne était gratuite.

Ils commencèrent à s'écharper à propos de rien.

Dans les rues, d'honorables messieurs s'emportaient pour un regard de travers et se harponnaient avec leurs parapluies. Dans les magasins et supermarchés, leurs épouses se crêpaient le chignon pour les mêmes vétilles. Toute bousculade dégénérait en rixe et le moindre frôlement équivalait à une déclaration d'hostilité.

Des maîtres d'hôtel flanquaient les plats à la tête du client en leur criant : « J'ai horreur de votre sale bobine. » Ceux-ci, en retour, les lardaient de leurs fourchettes. Les automobilistes montaient sur les trottoirs pour renverser les piétons : ces derniers cassaient à coups de pied les phares et les vitres des voitures en stationnement. Les conducteurs d'autobus n'avaient pas de plus grand plaisir que de foncer dans la foule aux hourras des passagers. On ne comptait plus les accidents de la circulation, les jambes cassées, les vélos en miettes. Chacun ne rêvait que de flanquer une bonne dégelée à ses voisins.

On partait le matin, la bouche pleine d'injures stockées dans les joues, prêt à les cracher sur le premier venu. On poussait les vieilles dames sous les roues du métro, on écrasait les pieds des jeunes filles, lesquelles, en retour, lançaient leurs ongles dans les yeux du premier homme qui les abordait. Séduire devint un jeu dangereux qu'on n'entreprenait jamais sans lunettes. Partout les teigneux, les grincheux, les aigris, les envieux rivalisèrent de mesquinerie, de malveillance pour nuire à leur prochain.

Les touristes fuyaient en masse la république : à peine tendaient-ils leur passeport au douanier qu'il leur appliquait son tampon en plein front, en guise de bienvenue. Ceux qui arrivaient par avion recevaient des taloches des hôtesses pendant la durée du vol. Ceux qui empruntaient le chemin de fer se faisaient taper sur les doigts par le contrôleur, surtout s'ils étaient en règle. Dans les réceptions diplomatiques, les domestiques flanquaient des verres de champagne à la face des ambassadeurs et les dames du vestiaire leur tordaient le nez en leur rendant leurs manteaux.

Le pays était pris dans un tourbillon de folie. Ce fut bientôt la guerre de tous contre tous : les générations, les sexes, qui avaient vécu jusque-là en bonne intelligence, se vouaient maintenant une haine d'ennemi héréditaire : les hommes battaient les femmes qui battaient leurs mères qui battaient les chiens qui battaient les chats qui battaient les puces qui battaient les punaises qui battaient les microbes qui battaient les bacilles qui battaient les virus qui battaient les cellules, lesquelles se livraient entre elles un combat acharné. Bien entendu, tous battaient le fer, sans même attendre qu'il soit chaud, ainsi que les tapis.

Les gens n'avaient qu'un mot à la bouche : « casser la figure » ; l'époux le promettait à l'épouse, le frère à sa sœur, le cousin à sa cousine, et même les nourrissons, lorsqu'ils venaient au monde, juraient à leurs géniteurs qu'ils allaient bientôt leur fiche une raclée !

Les animaux n'échappaient pas à cette vague d'agressivité : ils grondaient, aboyaient, meuglaient, barrissaient, blatéraient à longueur de jour. Les vaches faisaient exprès tourner le lait dans leurs pis, les oies buvaient en cachette pour se pourrir le foie, les poules brisaient leurs œufs, les abeilles salaient et poivraient leur miel, les cochons miaulaient pour dérouter les paysans. Le moindre caniche déployait la fureur d'un lion, les chats crachaient comme des panthères, les zèbres arrachaient leurs rayures, les chameaux aplanissaient leurs bosses et les vers de terre, cambrés et courroucés, se prenaient pour des crotales. Les oiseaux quittaient en masse le territoire, réservant leurs trilles à des cieux plus cléments. Et dans les testicules des hommes, les gouttes de semence bruissaient déjà des clameurs belliqueuses des millions d'êtres qu'elles contenaient !

La nuit, les rues étaient peu sûres : des pères fouettards, vêtus de cuir des pieds à la tête, rôdaient, une trique à la main, en quête d'un bambin à cravacher.

Les mères cachaient leurs petits dès la tombée du jour. Des gangs d'affreux jojos allaient dans l'obscurité détruire les restes du Palais des claques : à chaque vitre cassée, ils laissaient éclater leur bonheur par des acclamations, des galipettes extravagantes ; puis ils allumaient un grand feu, et les poutrelles métalliques, les structures de verre se tordaient sous la brûlure des flammes. La pluie et les intempéries achevaient de donner à cette construction l'aspect d'une ruine précoce. Plus grave encore, de jeunes vagabonds se glissaient hors de chez eux, au crépuscule, et, pleins de crainte et d'espoir, sifflaient discrètement les passants pour leur réclamer quelques gifles moyennant bonbons. Ils avaient pris goût aux sévices et ne pouvaient plus s'en passer. Des palais clandestins s'étaient ouverts au fond de sombres cours ou dans des caves de maisons retirées : on y séquestrait des enfants enlevés sur le chemin de l'école, à la sortie des boulangeries, et on les livrait à de riches clients qui s'échauffaient sur eux jusqu'à plus soif. On y recréait le cérémonial de l'ancien Palais mais sans contrôle d'aucune sorte, et les petits kidnappés, ficelés ou enchaînés, avaient peu de chances d'en ressortir vivants. Les listes de garçons et de filles disparus s'allongeaient dans les commissariats, et la police, débordée, arrêtait n'importe quel suspect, sans chercher à prouver sa culpabilité. Pas un âge, pas une classe sociale n'était épargnée par cette vague de démence. Même les familles de Baptiste et de Matthieu se sentaient parfois des démangeaisons meurtrières au bout des doigts. Et les pères s'avouaient le soir au téléphone : « Le Président a fait de nous des bêtes sauvages, nous ne nous reconnaissons plus. »

Le monde ne veut pas changer

Depuis ce jour funeste entre tous où les Saints Innocents l'avaient lynché en règle, le Président ne quittait plus sa chambre, avalait machinalement des plaques de chocolat et traînait de pièce en pièce son immense corps gorgé d'amertume et de nourriture. Ce n'était plus un révolutionnaire drapé dans sa superbe mais un vaincu, au teint jauni, cloîtré au fond de son château, loin des clameurs et des vivats.

Toujours il revoyait devant ses yeux cette scène infâme où les potaches l'avaient bafoué. Il se sentait dégoûté du genre humain et de son peuple en particulier. S'il avait pu le congédier, en acheter un autre plus docile ! Hélas ! comment se débarrasser de millions d'individus ? Faire un échange avec un autre roi ? Comment être sûr qu'on ne perd pas au troc ? L'idéal serait d'acquérir une tribu de l'Amazonie ou de l'Océanie, un petit groupe d'hommes obéissants qu'il pourrait modeler à sa guise. Mais le transport posait un problème et les tribus ne comptaient jamais plus de quelques centaines de membres. Il faudrait leur apprendre la langue, et la république, réduite à une peau de chagrin, deviendrait une proie facile pour les États environnants. Et puis, que faire des anciens citoyens ? Les entasser dans des camions et des trains, les reconduire aux frontières ? Ils se répandraient comme fourmis sur les nations alentour, fomenteraient un complot pour revenir chez eux ; ils auraient l'avantage du nombre, le déposeraient peut-être. Non, il n'y avait pas d'issue : il devait s'accommoder de ce peuple-là. Ce n'était pas le meilleur, mais c'était le sien.

A vrai dire, le Président était partagé. Deux voix s'élevaient en lui : l'une, accusatrice, demandait vengeance pour l'affront ; l'autre, conciliante, exigeait l'accomplissement d'une action d'éclat. Rester dans la mémoire des hommes comme un philanthrope, n'était-ce pas mieux que d'assouvir une rancœur ? Avec son Palais, le Président avait voulu faire passer la punition du stade familial au stade industriel ; il avait espéré l'approbation du monde entier et la vente de sa trouvaille aux pays les plus riches, les États-Unis, par exemple. Ah ! inaugurer un Palais des claques à Broadway, voir Mickey, Donald, l'oncle Sam et l'oncle Ben's venir se faire fouetter le popotin au son d'une musique rock ! Hélas ! ces rêves s'écroulaient aujourd'hui.

Une seule chose retenait le Président de châtier ses compatriotes, de les noyer dans un bain de sang : il avait trop de concurrents en ce domaine. A côté des sublimes despotes du siècle, il ne serait jamais qu'un médiocre tyranneau. La seule carrière originale pour un chef d'État consistait à défendre le Beau et le Bien. Mais comment s'y prendre ? Comment être bon et génial, se montrer génialement bon ? Incapable de trouver la réponse, le Président poussait des gémissements qui allaient mourir dans le creux de son oreiller.

Un matin, il était allongé sur son lit dans un état de prostration misérable. On frappa à la porte, une femme corpulente entra avec fracas et éclata de rire en plissant son nez en trompette. Elle s'esclaffa de longues minutes, pliée en deux, puis reprit son sérieux et s'assit sur un tabouret, l'air grave, presque guindé.

— Adélaïde, tonna le Président, combien de fois vous ai-je dit de ne pas venir rire dans ma chambre quand je réfléchis. Cela me distrait.

— Gondran, pardonnez-moi. Je n'avais aucun autre lieu où aller. La standardiste a fait une plaisanterie et je ne pouvais plus me retenir.

Adélaïde était l'épouse du Président. Elle souffrait d'une maladie qui agaçait son mari : incapable de rire en public, elle devait sortir chaque fois qu'une boutade, une phrase cocasse excitait son hilarité. Une éducation stricte lui interdisait de s'extérioriser devant le monde. Elle refrénait sa gaieté, accumulait deux ou trois bons mots puis allait en plein air les décharger, hors de tout témoin. Elle ne s'abandonnait que devant son époux. Lançait-il un trait d'esprit lors d'un dîner officiel : la cour, le gouvernement, les journalistes pouffaient, jubilaient, n'osant s'arrêter avant que le Président lui-même ne les y autorise. Seule Adélaïde ne pipait mot et fixait son assiette d'une mine lugubre ; bien après, souvent en pleine nuit, elle se réveillait, se gondolait jusqu'aux larmes, s'exclamait : « Que tu es drôle, mon chéri ! »

Son époux ne s'était jamais habitué à ces explosions de joie à retardement et avait tenté de la faire soigner. Un traitement intensif, dans une clinique allemande, avait donné des résultats inattendus : Adélaïde s'amusait une ou deux heures avant que le Président ne trouve une blague. Elle lui disait, le visage réjoui : « Je sens que tu vas en faire une bonne », et riait, riait d'avance à se tordre. Le traitement avait été interrompu et le Président avait abandonné tout espoir de synchroniser les facéties et la jovialité chez sa femme.

Ce matin-là, impatienté par son irruption, il attendait qu'elle ressorte, quand elle s'écria :

— Mon Dieu, quelle fumée ici, il faut absolument aérer.

En effet, la chambre était submergée sous une véritable nappe de brume que le Président n'avait même pas remarquée. Cela lui arrivait chaque fois qu'il réfléchissait trop : de la vapeur d'eau se condensait sur les parois de son crâne, s'évaporait, et il se mettait à fumer comme une chaudière. Ce jour-là, il avait broyé du noir, et un petit cumulus, aux teintes livides, flottait dans la pièce, menaçant de crever et de tout inonder.

— Laisse-moi, Adélaïde, veux-tu? J'ai besoin d'être seul. Ce nuage se dissipera de lui-même.

— Ne te laisse pas abattre, mon chéri, nous allons rouvrir le Palais des claques.

D'une voix sinistre, comme s'il rédigeait déjà son épitaphe, le Président répliqua :

— Il est trop tard, je dois expier mes fautes.

— Il n'est jamais trop tard, tu vas montrer à ces morveux de quel bois tu te chauffes.

— Adélaïde, c'est impossible, ne rêve pas.

— Convoque au moins le ministre de la Plume et fais quelques synonymes.

— J'ai oublié tous les synonymes.

— Veux-tu que j'appelle le boudologue?

— A quoi bon? Lui ou un autre.

Outre ses ministres, conseillers, secrétaires, huissiers, grammairiens et gardes du corps, le Président était assisté d'une brigade d'astrologues et de voyantes. Avant d'ouvrir le Palais des claques, il les avait consultés. Ils lui avaient promis félicité et fortune et l'avaient complimenté de sa bonne initiative. La conjonction d'Uranus et de Saturne dans le septième ciel laissait prévoir d'heureux événements. Neuf mois plus tard, la révolte des enfants démentait leurs prédictions. Immédiatement, ils présentèrent au Président une nouvelle carte de l'avenir : il était sombre et sans issue. Non seulement le Palais des claques resterait fermé, mais le peuple entrerait en sédition, les puissances étrangères s'infiltreraient, l'armée sortirait des casernes et bientôt le Président serait chassé du pouvoir, trahi par ses plus fidèles amis. Au mieux, il finirait sa vie en exil ; au pire, il serait pendu ou décapité.

Écœuré par leur incompétence, le Président les avait licenciés et inscrits d'office au bureau de chômage. Il n'avait gardé auprès de lui qu'un homme, presque un ami, en qui il plaçait toute sa confiance : le boudologue. Le boudologue était une espèce de sorcier : il goûtait l'opinion publique, prenait la mesure de son humeur afin de sentir et de prévenir les bouderies (d'où son nom). Météorologue des brouillards de l'âme, déchiffreur des mimiques et grimaces communes aux humains pour exprimer leur mécontentement, il pouvait, grâce à son flair, déceler le moindre soupçon de contrariété chez les peuples les plus divers. Ses états de service étaient impressionnants : il avait exercé chez le Grand Khan, au cœur de la Chine, chez le roi du Koudou, en Afrique centrale, il avait découvert une nouvelle maladie tropicale, le « coup de Babar », cette fatigue propre aux éléphants surmenés, et avait même aidé le Conseil fédéral de Berne à venir à bout de la révolte des ours. Bref, c'était un connaisseur.

Dès l'appel du Président, le boudologue, qui dormait dans la pièce d'à côté avec le ministre de la Plume, le souffleur et les porteurs du dictionnaire analogique en treize volumes, accourut. Les courtisans avaient pour consigne de bondir à la moindre invitation du chef de l'État : l'approcher au pas ou même au trot restait l'apanage des intimes.

En vérité, le boudologue, depuis longtemps, sentait de mauvaises vibrations dans la république ; chaque jour, quand il sortait, il récoltait bosses et baffes sur le pif et cela ne lui disait rien de bon. Rond et courtaud, on le surnommait « Gras du bide » et il en souffrait. N'eût été son amitié pour le Président — ils étaient allés ensemble à l'école primaire, le Président n'avait pas continué au-delà —, il serait parti depuis longtemps à l'étranger. A Paris, par exemple, sa ville préférée en Europe. Tout ce qu'il pouvait dire au Président était la chose suivante : « Ça va mal », à quoi le Président répliquait : « Je n'ai pas besoin de toi pour m'en apercevoir, imbécile ! »

Mais, ce jour-là, le boudologue, attristé par l'abattement de son chef et ami, lui tint un autre discours :

— Président, je vais être franc : aucun de nous, je le crains, ne peut vous venir en aide.

— Veux-tu dire, camarade boudologue, que je serais seul ?

— Non, nous vous aimons, Président, mais nous ne vous servons à rien !

— Quoi ? C'est ce moment que tu choisis pour me le dire ! Tu veux me tuer, misérable ?

Le Président, malgré son ton brutal, appréciait la sincérité du boudologue. Quand il prétendait en plein midi qu'il faisait nuit, tous ses ministres se précipitaient aux fenêtres et s'exclamaient : « Oui, Président, nous voyons les étoiles et même la lune. » Seul le boudologue restait froid : « Ils mentent, Président, il fait plein jour, il est midi. — Oh ! le sale rapporteur », criaient les autres fonctionnaires.

Cette fois, pourtant, le boudologue était allé un peu trop loin dans la vérité :

— Que veux-tu dire : vous ne me servez à rien ? Parle et vite, car je suis fatigué et guère en état d'argumenter.

— Président, vous avez tenté de déposséder pères,

mères et maîtres de leur pouvoir sur leurs enfants, mais, ce faisant, vous n'avez pas renforcé l'autorité de l'État. Pourquoi ?

— Je me le demande. Ces arriérés refusent mes bienfaits.

— La raison en est simple. La force d'inertie de la tradition continue à agir : il est si difficile d'ébranler des coutumes centenaires comme les chênes. Depuis des siècles, nos concitoyens ont l'habitude de corriger eux-mêmes leurs enfants, lesquels, devenus grands, recommencent sur leurs propres descendants ; les excès existent mais rares et les petits martyrs sont l'exception. Aujourd'hui, par votre faute, l'excès est devenu la règle.

— Tu es bien sévère avec moi. Alors, que faire ?

— Rétablissez le droit de libre correction ou bien inventez autre chose.

— Rétablir l'ordre ancien ? Jamais ! Plutôt mourir !

— Dans ce cas, Président, laissez-moi vous dire que votre réforme a été trop timide. Il faut aller plus loin.

— Comment cela ?

— Je n'en ai pas la moindre idée. Mais vous devriez prendre l'avis de spécialistes étrangers.

— Des étrangers ? Tu plaisantes !

— Non, Président, je suis sérieux.

— Dis-moi, boudologue, qui pourrait être plus averti sur mon propre peuple que moi qui suis son père ?

— Un père est souvent aveugle et un étranger peut lui offrir de judicieux avis.

L'idée qu'un autre en sache plus que lui mit le Président dans tous ses états. Patiemment, le boudologue revint à la charge :

— Ce sont des savants, ils ont fait de longues études.

— Ils ne parlent pas notre langue, ils ne sont pas de notre race.

— Ils ont des traducteurs et, bien qu'étrangers, ce sont des hommes comme vous et moi.

— Un homme qui n'est pas de ma patrie n'est pas tout à fait humain à mes yeux. De plus, j'ai horreur des accents. Et puis ça suffit maintenant.

Le Président ordonna au boulodogue de sortir.

— Illico, ajouta-t-il.

Une semaine plus tard, de nouveaux désordres ensanglantèrent la capitale. Des bandes de hooligans, armés de chaînes de vélo et de rasoirs, avaient terrorisé les quartiers sud de la capitale, une nuit durant. Ceux qu'on captura se dirent possédés de l'envie de tout détruire depuis la fermeture du Palais. Deux jours plus tard, une manifestation de parents d'élèves et de maîtres d'école défila devant la résidence du chef de l'État aux cris de : « Des coups, Président, des coups ! »

Le soir même, les ministres déclarèrent en chœur au Président :

— Le verdict du peuple est clair, il faut rouvrir le Palais !

Le lendemain, un autre cortège, tout aussi impressionnant, défila devant les décombres du Palais des claques en criant : « Jamais plus, jamais plus, à bas le pan-pan cul-cul ! »

Le même soir, sans aucune pudeur, les ministres, unanimes, prétendirent :

— Le verdict du peuple est clair : il faut laisser le Palais fermé et revenir à l'état antérieur.

Le Président les chassa sur-le-champ : il avait besoin d'auxiliaires, non de girouettes. Déjà miné par les épreuves, il s'effondra, devint l'ombre de lui-même, perdit le sommeil. Le pays était au bord de la guerre civile. Les ministres expulsés complotaient, les casernes s'agitaient, les espions étrangers se multipliaient.

De guerre lasse, le Parlement vota en toute hâte une loi interdisant la présence d'objets contondants parmi les produits de consommation courante ; on se mit à vendre des parapluies sans manche, des cannes sans bâton composées seulement d'un pommeau, des sacs sans lanières, des chaussures sans bout ni talon. Tout ce qui pouvait blesser, heurter fut déclaré hors la loi : les citoyens devaient se faire amollir le bout des doigts, ronger les ongles, élimer les dents. Les êtres au crâne pointu, aux os saillants, au nez aquilin étaient priés de les raboter. Mais la loi ne fut jamais appliquée. Au contraire, hommes et femmes prirent un malin plaisir à se faire affûter le bout du nez pour qu'il pique, à laisser pousser leurs ongles pour qu'ils griffent, leurs cheveux pour qu'ils fouettent, à laisser ressortir leurs os pour qu'ils blessent. L'autorité de l'État était ouvertement bafouée.

Prudent, le Président établit un double de lui-même : un paysan pauvre de sa région natale qui lui ressemblait jusque dans le moindre détail figurait à sa place dans les cérémonies, assistait aux débats de l'Assemblée et prenait quelques maigres bains de foule, solidement encadré par sa garde prétorienne. Ce double venait chaque soir en cachette à la résidence prendre les consignes de son original ainsi que des cours de synonymes. L'imitation était si bien faite qu'Adélaïde elle-même s'y trompa dans des circonstances bien particulières. Le Président se trouva aussi fâché que rassuré par les compliments de son épouse sur sa seconde jeunesse : en cas d'émeutes, on tuerait le sosie, et lui, le vrai Gondran, déguisé en simple jardinier, aurait le temps de fuir, de prendre le premier véhicule pour Genève, d'y vider ses comptes secrets et de s'exiler aux Caraïbes, dans une de ces retraites dorées pour autocrates déchus. Seul un miracle lui éviterait maintenant de s'abîmer dans la nuit. Alors, dans un dernier sursaut d'espoir, il consentit à écouter son ami boudologue et invita quelques sommités internationales de la science.

L'acrobate et les parasites

Peu après, cinq étranges personnages, en provenance de tous les continents, arrivèrent par train et avion dans la capitale de la petite république, flanqués de leur interprète personnel. Le spectacle de cette ville livrée à la furie de ses habitants les choqua. Vraiment, ce peuple de fauves et de vipères avait besoin de leurs conseils. Ils se sentaient un peu effrayés mais, plus encore que l'anarchie, les hérissait leur compagnonnage forcé les uns avec les autres. « Pourquoi, se disait chacun, n'a-t-on pas fait appel à mes seuls services ? A quoi bon ces quatre importuns ? »

Le Président leur réserva le meilleur accueil ; en quelques semaines, il avait beaucoup vieilli et perdu tous ses cheveux, sauf un, très long, qu'il enroulait autour de son chef et qui ressemblait à une corde de guitare, un seul cheveu, blanc à la racine et jaune à l'autre extrémité, qu'il arrosait chaque matin et saupoudrait d'engrais. Malgré ses malheurs, l'arrivée de ces augustes personnages l'exaltait : il voulait croire à leur talent. Il leur fit l'honneur des plus belles pièces de sa résidence, leur attacha ses meilleurs domestiques et prit ses dispositions pour qu'ils ne manquent de rien.

En quelques jours, les érudits étaient devenus un objet de curiosité. Sur leur passage, colères et passions s'apaisaient. Leurs gestes, leur accoutrement, leur langage surprenaient les indigènes. Leurs coutumes alimentaires, reproduites par la presse, mettaient les cuisiniers de la résidence à la torture ; l'un ne supportait que le bouillon, l'autre que le grillé ; le premier devait suivre un régime sans sel, le second un régime sans sucre et surtout sans poivre car il éternuait à la moindre épice ; un troisième exigeait des galettes sans levain, un quatrième du pain très blanc. Ces deux-là étaient végétariens mais de sectes différentes : celle du légume cuit et celle du légume cru. La moindre erreur provoquait chez eux de longues crises de nerfs. L'adepte du cru ne mangeait qu'avec les doigts et se froissait de trouver une fourchette dans son assiette. Sans compter le cinquième, qui s'était mis en tête de jeûner pour mieux se concentrer et ne buvait qu'un demi-verre de jus d'orange par jour. Les sons qu'articulaient ces invités avaient du charme pour tous, même s'ils se réduisaient à quelques notes rauques, analogues aux grognements d'un ours.

Enfin, un matin, après qu'ils se furent remis de leurs émotions et du décalage horaire, le Président les réunit dans la salle des audiences, les remercia de leur empressement et leur exposa son problème. Il se flattait que ces sages lui apporteraient sur un plateau la réponse appropriée. Mais la réunion se passa de façon différente. Les savants commencèrent par refuser de s'asseoir côte à côte et les mots d'« ignorant », d'« inculte » fusèrent entre eux. Ensuite, chacun déploya devant le Président ses diplômes, de larges feuilles de papier encadrées dont certaines, de la taille d'une nappe, permettaient à leur détenteur de cacher ses voisins pour apparaître au premier plan. Il en résulta une certaine confusion et le Président vit le moment où ces sévères lettrés allaient en venir aux mains. Le boudologue n'aimait pas la façon dont tournaient les choses et il suggéra à son maître de séparer leurs hôtes et de les voir un par un, puisqu'ils ne pouvaient se souffrir ensemble.

— Ils sont tellement pressés de vous aider !

Le Président s'étonna que des hommes censés ramener la paix dans son royaume commencent par se faire la guerre, et suivit les conseils de son ami.

Le premier expert consulté en privé était un gaillard de belle prestance, vêtu d'une robe mauve, qui se disait versé dans les choses de l'esprit et respirait la santé. Le Président, persuadé de tenir enfin l'homme providentiel, l'écoutait avec attention. L'étranger parla en agitant des mains soignées aux ongles peints. Il s'exprimait par longues périodes qui, chez son interprète, se réduisaient à une seule phrase.

— Quelle est donc cette étrange langue ? demanda le Président. Tant de termes chez vous se résument à un mot chez nous ?

— C'est exact, c'est pourquoi nous parlons si peu : nous n'aurions jamais le temps de dormir ou de manger.

Le Très Compétent plaida l'entière journée et ce qu'il dit tint tout entier dans ce discours :

— Ces miochons, ô grand chef, n'ont que ce qu'ils méritent. L'enfance n'est pas sans péché et tout innocent est un coupable qui n'a pas encore eu l'occasion de faillir. Si vous ne savez pas pourquoi vous les frappez, eux le sauront un jour. Et le châtiment, une fois dispensé, trouvera bientôt sa faute.

Le Président le remercia, fort perplexe. Le lendemain, il consulta le deuxième savant, qui passa la matinée à énumérer ses diplômes, ses titres, ses activités, les facultés où il avait enseigné, celles où il avait l'intention d'enseigner, celles où, très probablement, il n'enseignerait jamais. Cela dit, il commanda un copieux déjeuner, qu'il avala en faisant claquer ses mandibules. Au dessert, il laissa échapper de ses lèvres luisantes de graisse la recommandation suivante :

— On a frappé ces enfants sur la joue droite ? Eh bien, qu'ils tendent la gauche, maintenant !

Puis il se retira pour faire la sieste.

— Vraiment, se dit le Président, quel bizarre conseil !

Il alla se coucher avec un terrible mal de tête et fit tant de vapeurs qu'on crut au-dehors que le château avait pris feu.

Ensuite vint le troisième savant accompagné de son frère jumeau. Ensemble, car ils s'étaient chamaillés la veille et avaient entortillé leurs barbes de sorte qu'ils ne pouvaient se déplacer l'un sans l'autre. Comme, de plus, chacun avait fourré l'extrémité de sa barbe dans la bouche de l'autre, les sons qu'ils émettaient étaient des plus vagues et les traducteurs n'y comprenaient goutte. Par-dessus le marché, ils ne cessaient de se taper dessus, de se donner des coups de pied, et le Président les congédia.

La journée du lendemain fut consacrée à l'audition des deux derniers chercheurs : leurs cartes de visite imprimées en sept langues, y compris le finno-ougrien et l'amharique, disaient de l'un qu'il était le roi des pédagogues, le Super-Expert, et de l'autre qu'il était suprêmement instruit dans les domaines de la connaissance approfondie. Le premier se présenta en chemisette, short colonial et pieds nus, tenant une crécelle à la main. Avant même que le Président eût ouvert la bouche, il lui fit signe de se taire, ferma les yeux et, dans un silence total, commença à faire le vide en lui, ainsi que l'expliquait à voix très basse son interprète. Grammairiens, secrétaires, huissiers et concierges le contemplaient, étonnés, et pas un n'osait renifler, tousser et encore moins remuer ses doigts de pied dans ses chaussures. Deux heures passèrent. Enfin, le corps du Grand Docte se souleva de terre de quelques centimètres, d'un mètre et de plus en plus haut : il s'était si bien allégé que, telle une plume, il monta vers le plafond, où il s'accrocha dans le lustre.

— Dites donc, mon vieux, s'écria le Président, vous n'allez pas me casser le mobilier avec vos expériences.

— Chut, Président, souffla l'interprète, nous ne pouvons plus le réveiller. Allez plutôt me chercher une gaffe et ouvrez grand la fenêtre.

L'objet requis fut apporté. L'interprète décrocha son maître du luminaire, le poussa doucement avec sa perche vers la fenêtre, d'où il s'envola, porté par un bon petit vent, jusqu'à ce qu'il se confonde avec les nuages. Le Président serrait ses poings.

— Je me demande, tonna-t-il, si nous allons apprendre quoi que ce soit de ces ectoplasmes.

Arlington Hotel

18 West 25th St., between 5th & 6th Avenues
NEW YORK, N.Y. 10010
PHONE: (212) 645-3990

Daily Tariff

Single Room
$35.00 – $45.00

Double or Twin Bedded Room
$45.00 – $55.00

Two Room Suite
From $65.00

MONTHLY or GROUP RATES AVAILABLE ON REQUEST

All accommodations include
Color Television and Air Conditioning

All rooms have been remodeled and redecorated with completely new furnishings and bathrooms.

The Arlington Hotel is located in the very heart of the Big Apple – convenient to all Fifth Avenue Shops. Transportation to all parts of the City just one block away.

PRICES SUBJECT TO CHANGE

Leurs excentricités finissent par me lasser. Boudologue, c'est votre crédit qui est en jeu, gare à vous !

Mais le Président n'était pas au bout de ses peines. Le dernier clerc resta muet comme une carpe : il portait une barbe broussailleuse, des cheveux nattés ; un simple pagne entourait ses reins. Il s'assit en tailleur, leva un bras, demanda par signes au public de l'imiter. On s'exécuta. Il leva un autre bras : on fit comme lui. Il leva une jambe : on la leva aussi. Il leva l'autre : alors conseillers et courtisans perdirent l'équilibre et tombèrent les uns sur les autres.

— Nom d'un chien, cria le Président, quel pitre !

Et il cracha de dégoût. Le Très Avisé s'était rassis en tailleur et, par le truchement de son interprète, exigea qu'on apporte un arbre dans la salle d'audience. Un petit hêtre tout fleuri fut acheminé. L'homme grimpa souplement dessus, s'accroupit sur une jambe, l'autre repliée sous lui, et, dans cette position malcommode, resta sans parler ni manger ni même remuer un cil.

— Dites-moi, demanda le Président à l'interprète, j'ai demandé des savants, moi, non des clowns. Pouvez-vous me dire ce que fabrique cet olibrius dans ses branches ?

— Chut ! Mon maître réfléchit. De cette façon, par intense méditation, il travaille à résoudre vos problèmes.

Le Président tournait en grondant autour de l'arbre, lançant des regards mauvais à l'acrobate en extase. Une famille de corbeaux avait déjà installé son nid dans l'abondante chevelure de ce dernier. L'attente dura une semaine. Le boudologue craignait d'avoir commis une erreur en invitant ces autorités. Quand l'illuminé descendit de son perchoir, il humecta ses lèvres dans un bol d'eau, se massa les membres et s'assit dans un confortable fauteuil. Il écarta ses lèvres comme pour délivrer un message mais, en fait de paroles, n'expulsa qu'un éternuement. Il avait pris froid sur son arbre. Pourtant les grammairiens, rhétoriciens et sémanticiens, soucieux d'aider leur Président, se persuadèrent d'avoir entendu une phrase entière. Sur cet éternuement, ils brodèrent différentes exégèses. L'un d'eux rédigea même un mémoire de quinze feuillets. Bien sûr, aucun de leurs commentaires ne concordait. Excédé, le Président se tourna vers l'interprète. Lequel lui confirma que son patron et seigneur avait bel et bien expectoré, suite à un refroidissement, et n'avait en réalité dit qu'une chose : « Atchoum », onomatopée commune à tous les humains de l'Est et de l'Ouest quand ils s'enrhument. Alors, le Président, dont la patience avait été mise à rude épreuve, entra dans une vraie rage :

— Ils se gobergent à mes dépens et nous débitent

des sottises, cela par votre faute, boudologue. Nous avons perdu du temps et de l'argent. Disparaissez de ma vue, incapable, faquin, crétin des Alpes et du Jura.

« Crétin des Alpes et du Jura » constituait la pire insulte du Président : car il avait horreur de la montagne et des montagnards. Le boudologue, empoigné par deux gardes, fut jeté dehors, son thermomètre à opinion publique et sa brosse à dents confisquées. Les charlatans furent enchaînés dans un cul-de-basse-fosse, et le Président, certain cette fois que la bourrasque allait l'emporter, reprit la chambre, produisant tant de stratus qu'il dormait en imperméable, un parapluie au-dessus de la tête.

Adieu, peuple de fous, de mégères et d'ingrats

Une chape de plomb s'était abattue sur la république. Les aéroports, les gares étaient fermés. Nul ne savait ce qui se passait là-haut dans la résidence aux volets fermés. Députés et hommes de parti, à force d'être livrés à eux-mêmes, se demandaient si leur chef n'était pas mort. Son sosie, n'osant plus se montrer, avait fui dans son village, abandonnant honneurs et déguisements.

En ville, la situation empirait. Les pompiers allumaient des incendies, les policiers dévalisaient les honnêtes gens, les voleurs réglaient la circulation, les architectes démolissaient les maisons, les médecins achevaient leurs patients, les pédagogues faisaient l'éloge de l'ignorance, et l'alphabet, bouleversé, perdait ses bons caractères. Une nouvelle maladie, celle des extrémités gonflées, apparut : mains et pieds se boursouflaient de coups et de claques virtuels. Si la personne atteinte ne frappait pas quelqu'un dans les quarante-huit heures, sa peau se craquelait, se desséchait et se décollait.

Face à ce chaos, le Président s'apprêtait à décamper en douce, à laisser son pays en proie aux mégères, aux fous, aux casseurs, aux hystériques, aux épileptiques, aux délirants. Il avait opté pour l'exode le jour où son dernier cheveu était tombé avec un bruit cristallin sur le sol et s'était brisé en morceaux.

Au milieu de ce capharnaüm, le boudologue, hagard, errait de café en café, raillé, bousculé par tous, à chaque instant traité de « Gras du bide ». Il buvait, dépensait ses derniers billets à acheter un horrible tord-boyaux et dormait dehors, sans se laver ni s'alimenter. Un jour, Matthieu et Baptiste, revenant de l'école — ils étaient les derniers de leur classe à s'y rendre, travaillant en cachette avec un vieil instituteur —, le trouvèrent vautré dans un caniveau, le nez dans les ordures. Ils le reconnurent tout de suite — ils l'avaient souvent vu à la télévision — et, pris de pitié, le ramenèrent chez eux, implorant leurs parents de le soigner et de l'héberger. On l'installa dans la maison de la famille de Matthieu, plus vaste que celle de Baptiste. Comme il sentait mauvais, il passa sous la douche, ses vêtements furent brûlés et les cendres dispersées. Après quelques jours de repos et de bonne chère, le boudologue avait repris force et dignité. Il fit à nos deux amis le récit de ses mésaventures.

— Voyons, dit Baptiste, il doit y avoir moyen de vous aider et, à travers vous, d'aider tout le pays. Personnellement, je suis pour la fermeture du Palais et le retour au bon vieux temps. Mais je crains que notre Président, en vrai géant puéril, ne veuille pas renoncer à sa lubie. Il préférera mettre la nation à feu et à sang plutôt que de se dédire.

— C'est vrai, confirma Matthieu, je le crois prêt à tout. Il faut absolument trouver quelque chose.

Les deux amis qui réfléchissaient sur la question depuis de longues semaines s'enfermèrent dans leur chambre et palabrèrent jusqu'à l'aube. Parfois, ils réveillaient le boudologue, lui demandaient une précision et repartaient en fiévreuses discussions.

Au petit matin, les yeux brillants, les traits tirés par l'insomnie, ils se ruèrent à son chevet et le prièrent d'obtenir un entretien immédiat avec le Président. Le boudologue doutait que la chose fût possible mais, à force de persévérance, obtint tout de même une communication avec la résidence. Il passa les cinq barrages du portier de jour, du portier de nuit, du chambellan bêlant, du secrétaire particulier, du secrétaire en chef, lequel accepta d'aller réveiller le Président. De longues minutes passèrent durant lesquelles la ligne faillit plus de cent fois être coupée. Il revint au téléphone annoncer d'une voix lasse que le Président avait disparu, que sa chambre était vide, déserts ses placards, évaporée sa femme.

— Le roi a eu les foies, le fou a mis les bouts, conclut-il laconiquement avant de raccrocher.

Le secrétaire en chef avait comme habitude de parler en vers, surtout pendant les heures de service.

Le boudologue était catastrophé. Il rappela la résidence, demanda le portier de nuit, qui lui confia, dans le plus grand secret, avoir vu à l'aube le Président et sa suite s'engouffrer dans une voiture de location et prendre la route de la Suisse.

Une demi-heure plus tard, Matthieu et Baptiste, leurs deux pères et le boudologue fonçaient dans un cabriolet Diesel en direction de la frontière. Les douaniers retinrent les deux pères pour être sûrs que le reste de l'équipe ne fuyait pas à l'étranger ; ils détenaient déjà deux domestiques du Président, laissés eux aussi en otages. C'était bon signe. Le boudologue prit le volant. Après une dizaine de kilomètres en terre helvète et divers renseignements glanés auprès des autochtones, ils suivirent une petite route de montagne. Ils aperçurent bientôt la voiture de location garée sur le bas-côté. Dans un champ d'un vert profond et luisant, le Président, vêtu d'une veste de velours brodée, d'un bonnet noir et rouge, d'une culotte de laine à bretelles, pique-niquait frugalement d'une tranche de gruyère, d'un morceau de chocolat qu'il arrosait de petits verres de fendant ; à ses côtés, le ministre de la Plume notait ses claquements de mâchoire, le grammairien-souffleur apprenait les rudiments de la langue vaudoise et Adélaïde trayait une vache. Tous les sapins autour d'eux se tenaient au garde-à-vous, se retenant d'agiter leurs branches quand soufflait la brise.

— Président ! Président ! s'écrièrent nos amis en descendant du cabriolet.

— Chut, je ne suis pas là, ce n'est pas moi. De quel droit osez-vous m'appeler par mon nom ? Qui vous a permis de me suivre ? Comment avez-vous retrouvé ma trace ?

Le Président avait pris un air ronchon.

— Laissez-moi vous expliquer, balbutia le boudologue.

— Pas un mot, fichez le camp.

— Président, je vous en prie...

— Cessez de me donner du Président : vous voyez bien que j'ai adopté l'habit du pays.

— Un mot, un seul...

— Partez !

— S'il vous plaît...

— Du balai !

— Je vous en conjure...

Le boudologue s'agenouilla et se prit à baiser les genoux et les pieds de son dirigeant. Le Président se radoucit : il ne résistait pas aux marques d'adoration. Quand il apprit, entre deux invectives, qu'on était venu le chercher de si loin pour qu'il remonte sur son trône, il se laissa fléchir. Matthieu et Baptiste lui furent présentés.

— Qui sont ces pisseux?

Bien entendu, il vomissait les enfants et les tenait pour responsables de tous ses revers.

— Ils ont quelque chose à vous dire, lui souffla le boudologue à l'oreille. Ils croient avoir trouvé la solution.

— Tu veux dire que ces petits mecs, ces avortons auraient découvert à eux seuls ce que je n'ai pu élucider en un an?

— Écoutez-les au moins...

Le chef de l'État ne pouvait dissimuler son irritation devant l'impudence de ces bambins. Des volutes de poils noirs sortaient de ses narines et ronflaient comme des tuyaux d'orgue chaque fois qu'il respirait. Baptiste, le premier, prit la parole.

— Monsieur le Président, nous vous remercions de bien vouloir nous entendre. Nous connaissons votre infortune, et notre seul souci est d'y remédier. Nous avons pâti de votre réforme et j'en ai même gardé quelques souvenirs.

Baptiste montra une tache bleue sous l'œil qui ne s'était jamais résorbée.

— Dites donc, coupa le Président, vous n'êtes pas venus de si loin pour vous plaindre, au moins ?

— Nullement, Votre Excellence, nullement.

— Diable, Votre Excellence ! Personne ne m'a jamais donné ce titre. Comme ce microbe s'exprime bien !

Baptiste continua :

— Analysons les faits : d'où est venue notre révolte ? D'un sentiment d'injustice : être battus pour rien, à froid, nous horripile. Et nos parents, voilà qu'à leur tour ils ont pris goût aux horions : il leur faut des coups quotidiens.

Le Président fit craquer ses phalanges en signe d'agacement. Il ne savait s'il devait rire ou se sentir insulté par l'audace de ce blanc-bec. Quand Baptiste reprit la parole, il le coupa d'un :

— Au fait, au fait, où voulez-vous en venir ?

Matthieu voyait son camarade perdre pied et vint à son secours.

— A ceci, Excellence : nous avons longuement réfléchi et nous avons eu l'idée suivante.

Matthieu reprit son souffle et se tourna vers le boudologue et Baptiste pour puiser dans leurs yeux un peu de réconfort.

— Eh bien, j'attends, tonna le Président, et ses rouflaquettes se dressèrent sur ses joues.

— Votre Excellence, je vais être un peu brutal et je m'en excuse à l'avance. N'oubliez pas que les parents ont été des enfants ; et il n'y a aucune raison de battre les uns et de laisser les autres impunis ; tous doivent souffrir les mêmes peines, quel que soit leur âge.

— Je crains de ne pas comprendre, bougonna le Président.

— C'est tout simple : vous avez ouvert le Palais des claques pour sanctionner les petits ; ouvrez-le pour sanctionner aussi les grands.

— Vous voulez dire... suffoqua le potentat.

— Sauf votre respect, Excellence, nous aimerions bien mettre sur la binette de nos vieux.

— Lancer notre poing sur les dents du prof.

— Une bonne peignée au surveillant général, à nos ministres, à nos députés.

— Mais c'est contraire aux traditions !

— C'est pourquoi vous l'adopterez, Excellence.

— Car vous êtes un innovateur, un homme de progrès.

— Sans doute, sans doute, mais je trouve votre idée un peu rude.

— Oh ! Gondran, je vous en supplie, insista Adélaïde qui revenait de sa traite, acceptez, c'est notre dernière chance, ces petits ont raison. Je ne vais pas jouer à la fermière toute ma vie ; je veux retrouver ma garde-robe, mes femmes de chambre, les dîners officiels, les bals, le château.

— Nous avons imaginé toutes les possibilités et n'en voyons pas d'autres, reprit Baptiste.

— Ah, laissez-moi réfléchir, à la fin !

Le Président se leva et partit faire une promenade dans les champs. Soulagés, les sapins, qui avaient le sens du protocole, laissèrent tomber leurs branches et s'ébrouèrent. Le boudologue était dans ses petits souliers, Matthieu et Baptiste se tordaient les doigts d'angoisse.

Une heure plus tard, le Président était de retour, impénétrable et mystérieux. Il ôta son bonnet de laine et apostropha le souffleur et le ministre de la Plume.

— Messieurs, acceptez-vous d'être fouettés, tarabustés à date fixe comme des gamins ?

— Oui, répondirent les deux serviteurs de l'État d'un même souffle.

— Voulez-vous prendre sur la tronche coquards, pains, ratatouilles et châtaignes ?

— Nous le voulons.

— En ce cas, je vous déclare solennellement, je vous avertis en grande pompe que j'accepte, que je suis OK pour la proposition, la suggestion de ces merdeux, de ces freluquets, et que, sous l'amicale pression de mon peuple, la fraternelle insistance de mes sujets, je reprends le pouvoir, je remets le pied à l'étrier.

— Oh ! mon Gondran, je te retrouve enfin, s'écria Adélaïde, les larmes aux yeux.

Pour la première fois depuis des mois, son mari avait recouvré l'usage des synonymes.

— Allons, en route, vite !

On plia bagage, on fit demi-tour, on récupéra les pères et les domestiques à la frontière, et la petite caravane roula à tombeau ouvert sur la capitale. Il était temps. Le ministre des Loisirs et des Temps morts avait persuadé le sosie du Président de s'emparer du poste suprême. Quand le vrai Président arriva, toujours déguisé en montagnard, ses fidèles faillirent le jeter en prison. Pour départager les deux prétendants, on organisa un concours de synonymes où l'imposteur fut confondu en public et renvoyé à sa charrue. Quant au ministre félon, il mourut de dépit peu après.

Pour vivre heureux, vivons battus

Un mois plus tard, redessiné, rehaussé, repeint, le Palais des claques rouvrait ses portes, dans l'allégresse générale. Le Président avait adressé à la nation son plus beau, son plus long discours — quarante-huit heures d'affilée, vingt-sept mille synonymes, cinq cents néologismes, deux cents barbarismes, solécismes et non-sens, trente évanouissements et de nombreuses migraines parmi les auditeurs —, où il s'était attribué, bien sûr, la paternité de la nouvelle idée. Depuis l'annonce d'une prochaine remise en fonction, les habitants s'étaient assagis et acceptaient désormais de se serrer la main autrement que pour se broyer les doigts. Le Palais avait maintenant la forme d'un briquet plat et fuselé. Il formait un seul bloc de béton et d'acier de plus de vingt étages dont les plans inclinés, la ligne d'ensemble pouvaient rivaliser en élégance et en hardiesse avec les plus beaux gratte-ciel du Nouveau Monde. De loin, on eût dit un index pointé vers l'au-delà, en signe de défi.

La nouvelle formule inspirée par Matthieu et Baptiste stipulait que le Palais était ouvert à tous les citoyens de sept à soixante-dix-sept ans, qui devaient y accomplir un stage minimal de vingt week-ends par an. Ainsi, plus de discrimination : le châtiment, à force d'être démocratisé et partagé, ne pesait plus. Jeune ou vieux, homme ou femme, riche ou pauvre, chacun devait venir se faire tailler en pièces à date fixe, et nul n'avait le droit d'utiliser le Palais sans se soumettre lui-même au jeu. Le vrai communisme de la fessée ! Tel qui venait tabasser le samedi était cravaché le dimanche, à tout instant le châtieur pouvait être corrigé par sa victime. Cette parfaite réciprocité incitait les clients à modérer leurs prestations : on ménageait son prochain dans l'espoir d'être ménagé soi-même la prochaine fois qu'on passerait sur la chaise de torture.

Les habitants redevinrent doux comme des agneaux et ne s'abordaient jamais sans beaucoup d'égards.

— Excusez-moi, vous permettez, une petite baffe dans le trognon.

— Mais comment donc ! Avez-vous réglé votre passe (c'est ainsi qu'on appelait désormais la chose) ?

— Bien sûr, voici mon ticket.

— Bien, allez-y.

— Vous êtes trop aimable. Si vous voulez bien dégager votre joue. Attention, j'y vais. Je suis gaucher. Vlan, pan, crac. Je ne vous ai pas fait mal ?

— Pensez-vous, je n'ai rien senti. Encore merci et à bientôt !

Des amoureux, des timides glissaient à l'élue de leur cœur un billet gratuit pour qu'elle vienne les souffleter à sa convenance. « Chérie, fais-moi mal », disait le message, et bien des liaisons, bien des mariages commencèrent ainsi par une paire de calottes. Des vieillards dans leur testament léguaient à leurs neveux dix mois de coups de trique gratuits au Palais des claques, cinquante crocs-en-jambe, trente mandales et dix volées de bois vert. Envers les stagiaires, on ne se permettait plus aucune insulte et on n'allait jamais au-delà de termes anodins tels que malappris, filou, foutriquet, enfant de ta mère, etc. Courtoisie et décence avaient force de loi. Nul ne pouvait recevoir plus de quatre coups par heure. A la place des anciens valets, dont on avait gardé un mauvais souvenir, on fit venir des eunuques de l'Orient, en chômage depuis la fermeture des harems et qui traitaient chacun avec la plus grande aménité. Frappeurs et frappés terminaient chaque journée par un somptueux goûter en commun où ils évoquaient avec nostalgie leurs plus belles rossées. Le Palais fut vite élu l'endroit le plus chic de la capitale. On s'y trouvait si bien qu'on en oubliait souvent de flageller ou de malmener, se contentant d'une pichenette ici ou là pour justifier sa présence.

Pères, mères, enseignants allaient recevoir les brimades avec enthousiasme : ils avaient le sentiment de retomber en enfance, et beaucoup d'entre eux rajeunirent effectivement. D'alertes grand-mères qui se consumaient dans le rhumatisme et l'arthrose se remirent à la corde à sauter : des femmes, enlaidies par les rides, récupérèrent un teint de jeune fille grâce à cette médication. Le monde retrouva sa fraîcheur. Un guide des coups et blessures fut publié par le ministère de la Santé. La bande-annonce autour du livre disait ceci : Pour vivre heureux, vivons battus. Même les décapités et les guillotinés envoyaient leur tête en recommandé afin de se faire souffleter.

Les scientifiques invités par le Président furent sortis de prison et bien récompensés. Tous firent un séjour au Palais et s'en divertirent beaucoup. Seul le savant en pagne refusa de quitter son arbre, s'installa dans un parc et gagna des disciples qui vécurent avec lui dans les hêtres et les marronniers. L'un d'eux, qui n'aimait pas les arbres — il souffrait de vertige —, créa un schisme et prêcha le salut en restant debout sur une seule jambe. Il connut un succès d'estime et alla fonder une petite communauté d'unijambistes non loin de là. Le Président suivait ces événements d'un œil tolérant, regrettant seulement que tous ces fantaisistes ne deviennent jamais clients du Palais.

Matthieu, Baptiste, Alice et Angèle n'osèrent jamais porter la main sur leurs parents le jour où ces derniers étaient de permanence, bien que la loi les y autorisât. Parfois, un copain les abordait et leur disait : « Tiens, hier, j'ai giflé ta mère. Une sacrée mornifle que je lui ai mise ! » Matthieu et Baptiste haussaient les épaules, mais, si l'autre insistait, ils consultaient la liste des prochains passages et, le dimanche suivant, allaient fesser la mère du camarade indélicat. Lequel prenait tout de suite un profil bas et n'osait plus y revenir.

Le règlement s'était assoupli : les stagiaires avaient le droit de porter des baladeurs quand ils étaient en exercice ; dans les placards où on les enfermait pour la punition du cachot noir, ils avaient aménagé télévision, magnétoscope ainsi qu'un réfrigérateur mural dans lequel ils piochaient à volonté. Ceux qui étaient sujets aux maux de tête portaient un casque quand leur tour venait de se faire tambouriner le crâne. La Présidente, Adélaïde, avait obtenu de son mari une dérogation spéciale qui permettait aux femmes atteintes d'embonpoint d'être frappées sur le postérieur et les cuisses afin que les coups, en faisant circuler le sang, réduisent la couche de graisse et accélèrent la disparition de la cellulite. Ainsi, à l'étage des fessées, certaines dames en culotte présentaient aux clients leurs arrière-trains dodus, et le spectacle en était tout à fait édifiant. Les visiteurs prenaient plaisir à se travestir : des jeunes filles se déguisaient en soubrettes pour recevoir une volée de coups de balai ; des hommes en serfs, en gladiateurs pour se faire caresser les côtes. Des nains, des gringalets grimpaient sur des échelles pour boxer des colosses coquets, des patibulaires fringants. D'autres géants, la face masquée, faisaient claquer un grand fouet et promettaient de fustiger le premier qui se moquerait d'eux. Le fouet était un long fil de sucre d'orge très souple que bourreau et victime se partageaient en riant. Des hommes préhistoriques, habillés de peaux de bêtes, se donnaient des coups de gourdin, mais les gourdins étaient des miches de pain.

On avait gardé certains des anciens services du Palais. Ainsi, tout un étage était réservé à ceux qui voulaient sucer leur pouce dans la quiétude. Ils restaient là, sans limite de temps, et des nurses en jupe courte et buste très décolleté venaient leur servir des biberons de bière ou de whisky. Il y avait aussi l'étage des concerts de larmes, une grande pièce plongée dans l'obscurité où les enfants pleuraient en reniflant et en se mouchant beaucoup. Ces sanglots ravissaient les cœurs sensibles. Mamie fut transformée en masseuse, secoueuse et tamponneuse, ses bras et jambes tapissés de velours, son cœur doté d'un bassin d'eau bouillonnante où l'on s'immergeait pendant des heures. Pour les nostalgiques de la vie rurale, on importa de vieux ânes, des bœufs hors d'usage qu'on houssinait sur l'échine avec une baguette, non sans les dédommager par des brassées de bonne luzerne. Les chiens et les chats n'étaient plus attachés et on se contentait de leur envoyer une chiquenaude sur le mufle, de leur tirer la queue, mais toujours avec affection et respect. Chaque mois avaient lieu des batailles de polochon : les participants devaient obligatoirement concourir en pyjama. Les vainqueurs gagnaient un an d'abonnement gratuit au Palais.

A l'intention des étrangers, on avait ouvert une section spéciale où chaque touriste était bousculé et culbuté selon les traditions propres à son pays : avec des battes de base-ball en massepain pour les Américains, des cannes de golf en pâte d'amande pour les Anglais, des boomerangs en papier pour les Australiens, des bâtons de ski en guimauve pour les Suisses et les Autrichiens, des banderilles en chocolat pour les Espagnols. Il y eut même des javelots en mousse pour les Lapons. Mais les Lapons étaient rares. Et les harpies qui voulaient lancer le harpon sur les galopins, comme les Lapons, furent refaites comme des lapins. Même les Nippons faisaient le pont depuis le Japon pour venir battre les morpions avec des éventails en crépon.

Il soufflait un tel vent de bonté cette année-là sur la république que les petits canards eurent enfin le premier prix de canaraderie. Le Président, ravi du tour pris par sa réforme, avait beaucoup changé. Il avait retrouvé sa respectable brioche, comme il convient à un responsable de son rang. Son caractère s'était amélioré. Il acceptait qu'on le contredise une fois par jour, pourvu que ce soit après les repas et à propos de sujets sur lesquels il n'avait aucun avis. Il avait réduit le temps des applaudissements et des rires après ses discours à dix minutes, ni plus ni moins. Il tolérait même qu'on dorme pendant le Conseil des ministres pour autant qu'on garde les yeux ouverts.

Il se laissait vénérer, idolâtrer par ses sujets. Les éloges sur sa personne ne tarissaient pas. Chaque mois paraissaient des livres à sa gloire, rédigés par les plus grands poètes de la république. On l'appelait : Notre Guide Prestigieux, l'Homme-Lumière de l'Histoire, le Phare du Temps, le Génial Timonier, l'Archidiacre des Siècles, et ce torrent de louanges le chatouillait agréablement. Il s'était fait réimplanter des cheveux disposés en touffes pareilles à des pousses de riz et qui jaunissaient au soleil, verdissaient sous la pluie. Il portait désormais quatre chaînes d'or autour du cou, plusieurs bracelets d'argent au poignet et deux bagues ornées de brillants à chaque doigt. Avec Matthieu, Baptiste, Alice et Angèle, il organisait de véritables joutes linguistiques, recherches de synonymes, contrepèteries, anagrammes, calembours, où il se moquait de perdre pourvu que nul ne gagnât. Un deuxième ministre de la Plume l'accompagnait, ainsi qu'un peseur de mots qui évaluait la lourdeur ou la légèreté des locutions. Un bataillon de quinze malabars transbahutaient derrière lui en permanence les lourdes encyclopédies.

Mais, de ces bonheurs, le plus grand pour le leader suprême lui vient de l'affection que lui vouent désormais les enfants : tous, lutins et lutines, moutards et moutardes, kids et kidettes, fripons et fripounettes, loupiots et loupiottes, gredins et gredines, bouts de chou et bouts de chouette, poupinets et poupinettes, se jettent à son cou pour l'embrasser quand il les croise dans la rue. Et ses rouflaquettes aux reflets blonds embaument chaque soir des milliers de baisers que leurs petites lèvres y ont déposés.

Aujourd'hui, le Président songe à devenir papa et, chaque soir, il va rejoindre Adélaïde dans sa chambre. Souhaitons que leurs efforts soient récompensés ! Le boudologue, qui sent tout, est très optimiste.

Bientôt, le chef de l'État inaugurera un nouveau Palais des claques en Californie, un autre à São Paulo, à Berlin, à Tokyo.

Certains dimanches, déguisé en camelot, il va, sous un nom d'emprunt, affublé d'une grosse moustache, se soumettre, dans sa propre ville, au verdict des petites mains. Tout le monde évidemment le reconnaît et on se précipite pour le rudoyer et le talocher. En revenant chez lui, incognito, les joues marbrées et le derrière brûlant, le Président se demande chaque fois pourquoi il obtient tant de succès.

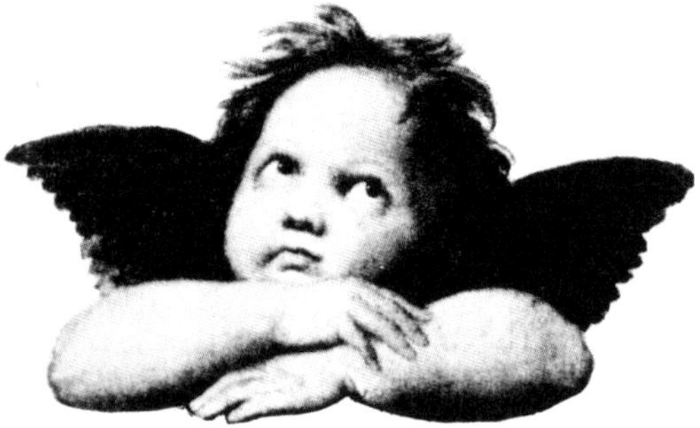

Table

Illustrations

Composition : Charente Photogravure à Angoulême.
Impression : Mame à Tours.
Dépôt légal : avril 1986. N° 9184 (12244).

Collection Points

SÉRIE POINT-VIRGULE

V1. Manuel de savoir-vivre à l'usage des rustres et des malpolis *par Pierre Desproges*
V2. Petit Fictionnaire illustré, *par Alain Finkielkraut*
V3. Quand j'avais cinq ans, je m'ai tué, *par Howard Buten*
V4. Lettres à sa fille (1877-1902), *par Calamity Jane*
V5. Café Panique, *par Roland Topor*
V6. Le Jardin de ciment, *par Ian McEwan*
V7. L'Age-déraison, *par Daniel Rondeau*
V8. Juliette a-t-elle une grand Cui ? *par Hélène Ray*
V9. T'es pas mort ! *par Antonio Skarmeta*
V10. Petite Fille rouge avec un couteau, *par Myrielle Marc*
V11. Manuel à l'usage des enfants qui ont des parents difficiles *par Jeanne Van den Brouck*
V12. Le A nouveau est arrivé *par Pierre Ziegelmeyer et Jean-Benoît Thirion*
V13. Comment faire l'enfant (17 leçons pour ne pas grandir) *par Delia Ephron*
V14. Zig-Zag, *par Alain Cahen*
V15. Plumards, de cheval, *par Groucho Marx*
V16. Bleu, je veux, *par Gisèle Bienne*
V17. Moi et les Autres, *par Albert Jacquard*
V18. Au vrai chic anatomique, *par Frédéric Pagès*
V19. Le Petit Pater illustré, *par Jacques Pater*
V20. Cherche souris pour garder chat, *par Hélène Ray*
V21. Un enfant dans la guerre, *par Saïd Ferdi*
V22. La Danse du coucou, *par Aidan Chambers*
V23. Mémoires d'un amant lamentable, *par Groucho Marx*
V24. Le Cœur sous le rouleau compresseur, *par Howard Buten*
V25. Le Cinéma américain, *par Olivier-René Veillon*
V26. Voilà un baiser, *par Anne Perry-Bouquet*
V27. Le Cycliste de San Cristobal, *par Antonio Skarmeta*
V28. Tchao l'enfance, craignos l'amour, *par Delia Ephron*
V29. Mémoires capitales, *par Groucho Marx*
V30. Dieu, Shakespeare et Moi, *par Woody Allen*
V31. Dictionnaire superflu à l'usage de l'élite et des bien nantis *par Pierre Desproges*
V32. Je t'aime, je te tue, *par Morgan Sportès*

V33. Rock-Vinyl (Pour une discothèque de rock)
par Jean-Marie Leduc
V34. Le Manuel du parfait petit masochiste, *par Dan Greenburg*
V35. L'Oiseau Canadèche, *par Jim Dodge*
V36. Des sous et des hommes, *par Jean-Marie Albertini*
V37. De l'univers à nous, *par Robert Clarke*
V38. Pour en finir une bonne fois pour toutes avec la culture
par Woody Allen
V39. Le Gone du Chaâba, *par Azouz Begag*
V40. Le Palais des claques, *par Pascal Bruckner*